ANNETTE

Tornelli, Elizabeth
Annette. - 1a ed. - Buenos Aires: Deauno.com, 2007.
166 p.; 21x15 cm.

ISBN 978-987-1462-06-3

1. Narrativa Estadounidense. 2. Novela. I. Título
CDD 813

contacto@elaleph.com
http://www.elaleph.com

Primera edición

ISBN: 978-987-1462-06-3

Hecho el depósito que marca la Ley 11.723

Impreso en el mes de julio de 2008 en
Docuprint S.A.
Buenos Aires, Argentina.

Elizabeth Tornelli

ANNETTE

deauno.com

A mis seres queridos

VEINTE AÑOS NO ES NADA

Tuvo una niñez agobiada por la pobreza, el desorden, y la violencia. Vivía en un poblado de clase baja ubicado en una colonia rural de la ciudad de México. Su vecindario, de lo único que no carecía, era de necesidades y privaciones. Sus padres, gente humilde del pueblo, se ganaban la vida vendiendo frutas y legumbres en los mercados populares, el ámbito de mercaderes de bajo orbe, en plazas colmadas de personas condicionadas a la pobreza y al desorden. El lugar donde reinaban, como señores feudales, los hombres poderosos. Aquellos que se subyugan con el dominio que detentan sobre el esclavo y el oprimido sobre la base de las arbitrariedades que da el uso de la fuerza y la prepotencia. Ella creció en ese ambiente donde las disparidades terrenales y la lucha de clases se transforman en constantes.

El padre de Annette era un hombre tosco, víctima de abusos constantes, que trataba de ahogar en alcohol sus penas. Pero las constantes borracheras tenían consecuencias, y de las violentas. Su madre era una mujer abnegada y sufrida. Su casa estaba construida sobre una ladera de un cerro, donde ella y su familia tenían un espacio especial, para almacenar las frutas y las legumbres que vendían todos los días. Annette tenía una hermana pequeña, a quien le llevaba cinco años de edad. Su hermana de nombre Diana, era una niña realmente bella. Tenía cabello rizado, y ojos negros profundamente marcados. Su piel era blanca, y sus manos largas y perfectamente delineadas. Annette no contaba con la misma gracia de su hermana Diana., ya que era de piel oscura y de facciones gruesas y burdas. Sus cabellos eran gruesos, y el descuido los volvía aún más tiesos.

Su niñez estuvo marcada por el abuso y el agotamiento extremo. Tenía que estudiar y trabajar, para ayudar a sus padres en los gastos de su hogar. Cuando llegaba de la escuela, se dirigía inmediatamente al área de trabajo de su casa, para comenzar a sacar de los costales, las verduras, y las frutas que su padre compraba. A veces tenía que acompañar a su padre a comprar las frutas y las verduras al mercado central. En ese mercado central, los precios por mayoreo les permitían obtener las ganancias necesarias, para sobrellevar los gastos de su casa. Annette ayudaba a su padre a separar las frutas y las verduras, en cajones de madera especiales, donde las transportaban a los mercados populares. Ella comía mientras trabajaba, y su alimentación era simple y rutinaria. Sus padres comenzaban desde muy temprano a preparar las cosas, para irse a vender a las plazas. Todos los días salían a vender en puestos rudimentarios de hierro y madera que ellos mismos armaban. Pasaban casi todo el día vendiendo en las diferentes plazas, donde les permitían instalarse de manera informal. Tenían la obligación de pagar una cuota especial, por el pedazo de suelo que los líderes de cada mercado, les alquilaban a los vendedores para trabajar. Sus días de escuela y trabajo eran extenuantes, pero esa era su vida, y no tenía alternativa. Annette era una niña muy estudiosa y creativa. Su habilidad para soñar, le daba a su vida una luz que la mantenía viva. Aunque su realidad era fría, dolorosa, y muy primitiva, gozaba de una visión amplia e imaginativa. La escuela rural donde asistía, tenía apenas lo indispensable para poder impartir las clases. Los pupitres estaban gastados, y las aulas eran simples cuartos cuadrados. No existía esa dotación de decoración, materiales, y color, que poseen las escuelas privadas. Los patios y las canchas de recreo, contaban apenas con algunas piezas de diversión, que las escuelas obtenían, gracias a las donaciones que recibían. La vida de Annette estaba marcada de muchas necesidades y esperanzas.

Su padre era un hombre que gustaba del placer soez. Era un hombre iletrado, que apenas sabía leer. Tenía el enorme poder de someter a su familia a sus exigencias y a su desdén. Annette era la mayor de sus hijas, siempre la maltrataba, y en ella descargaba sus rabias. La madre poco sabía defender a sus hijas. Esta sólo se limitaba a agachar la vista, y a llorar callada, mientras su esposo maltrataba a sus hijas. Su padre exigía a su familia trabajo y dinero, para poder sostener los básicos alimentos que en su casa se consumían, y para sustentar sus vicios de juego, y su embriaguez compulsiva. Todos los días, el padre de Annette terminaba borracho en el suelo, y anestesiado de tanto alcohol que consumía. Annette siempre era a la que más presionaba, y a la que más ofendía. Su padre le exigía que llevara más dinero a la casa, y que además, lo atendiera en cualquier quehacer que éste necesitara. Cada orden que le daba su padre, estaba cargada de ira, maltrato, y golpes desaforados. La madre lloraba, y entre sollozos ambas se consolaban. Su pequeña hermana, sólo miraba los abusos de su padre hacia su madre y hacia su hermana. A veces también Diana era víctima del descontrol y la arbitrariedad de su padre, pero parecía ser merecedora de cierta estima de su parte. Cuando Annette era golpeada y maltratada por su padre, de forma disimulada, Diana la abrazaba, y ambas se desahogaban.

Fueron muchos años de amargura y tristeza los que atravesó durante su infancia. Mientras más grande se volvía, más obligaciones le eran impuestas, sin oportunidad de defensa. A veces tenía que ir a ayudar a sus padres en las ventas, después de salir de la escuela. Los días de trabajo eran extenuantes, y el dinero que del esfuerzo conjunto se ganaba, el padre de Annette era el único que lo poseía y lo administraba. Cuando terminó la educación preparatoria, su padre decidió sacarla de la escuela, para ponerla a trabajar de forma inmediata. Pero Annette gustaba del aprendizaje, y se esforzaba a estudiar de forma rápida. Era extraño para una jovencita de su condición y bajo sus circunstancias, tener la energía y la intención de instruirse mejor. Gustaba de la lectura y de la redacción. Escribía sin parar en cualquier lugar, y tomaba ventaja del poco tiempo que tenía para estudiar en su casa. Era soñadora y muy inspirada. Escribía poemas, versos, y frases que la llenaban de nostalgia. Siempre tenía escondidos papeles debajo de su cama o entre sus libros. Escribía sin parar cualquier cosa que la inspiraba. Su padre se burlaba de ella, cuando la encontraba escribiendo o leyendo. A pesar de esto ella nunca se desanimaba, y siempre encontraba momentos de soledad, para poder plasmar sus sentimientos y sus palabras.

Con la carga económica que en esos momentos su familia atravesaba, Annette tuvo que comenzar a trabajar en un restaurante popular de clase baja. Su mismo padre la obligaba a aportar todo el dinero de su trabajo para la casa. El restaurante estaba ubicado en una colonia humilde, muy conocida, y muy frecuentada los fines de semana. Era un restaurante muy ordinario, y muchas de sus meseras, hacían trabajos de cama extras. El lugar estaba repleto en los días de asueto, cuando el trabajador sediento de diversión, buscaba entretenimiento y distracción. No era el mejor empleo para Annette, y sus emociones reprimidas la hacían pensar, que trabajar en ese lugar, era cuestión de bajeza y falta de dignidad. Aunque deseaba otros tiempos, no era fácil cambiar para ella en esos momentos. Su padre la violentaba, y siempre terminaba imponiendo sus deseos e ideas a las tres mujeres de su casa. Cuando llegaba de trabajar del restaurante, su padre le exigía atenderlo y obedecerlo. Annette le servía la comida en la mesa, y lo atendía como un siervo atiende a un amo malhumorado y molesto. Luego, le calentaba el agua para el baño, y le servía la bebida de aguardiente en vasos de plástico. Esto cuando su padre decidía quedarse en su casa a beber. También le exigía a Annette que pusiera música en un tocadiscos viejo, mientras él disfrutaba bebiendo y fumando como chimenea de invierno. Otras ocasiones, cuando la jornada de trabajo terminaba, su padre se bañaba y se vestía, para salir corriendo a las cantinas y a las pulquerías. Durante varias tardes entre semana, mientras el padre de Annette se emborrachaba fuera de casa, sus víctimas descansaban de sus presiones y amenazas. Esas tardes sin su padre borracho en casa, cuando Annette se sentía entristecida e inspirada, escribía frases de consuelo que la mantenían relajada.

Todos sabemos que las cosas no siempre son fáciles ni inmediatas. La desesperación a veces nos gana la batalla, desterrando nuestros deseos de felicidad instantánea. Nuestros deseos se desvanecen con el menor titubeo, y nuestras mejores intenciones desaparecen como polvo en el viento.

Annette trataba de hacer a un lado sus emociones desequilibradas, aceptando trabajar en ese restaurante tan peculiar. No tenía opción de escoger, esa era la vida que le correspondía. El restaurante, era para ella una especie de escape, pero a la vez, un nuevo agujero de delirio, confusión, y atropello. Trabajó primero como mesera del lugar, en donde sus ingresos no eran suficientes para su papá. Su padre le exigía cada día más. El ambiente en el restaurante, le daba a Annette una sensación de tristeza y desolación. Se esforzaba por trabajar y cumplir con las exigencias abruptas de su papá. La autoridad de su madre era nula, y su carácter pusilánime, la volvía un títere insuperable. Lo único que su madre sabía hacer, era llorar y callar, ante la violencia feroz de su capataz. La forzada tarea de Annette era trabajar y cooperar, sin decir una sola palabra. El padre la esclavizaba y la maltrataba, sin que ella pudiera exigir nada. El régimen instigador y opresivo de su padre, hicieron de Annette una persona muy callada. Pero en el fondo soñaba, y se buscaba una luz imaginaria en sus emociones distorsionadas.

Con el paso del tiempo, hizo algunas amistades en el restaurante. Algunas de sus compañeras de trabajo cercanas, atravesaban por los mismos problemas, y por los mismos tormentos de la especie humana. Conflictos familiares, soledad, descuido, divorcios de los padres, pobreza, marginación, y todas esas confusiones que nos dan una mezcla de sentimientos y sensaciones, que muchas veces nos permiten continuar luchando, y no dejarnos vencer por los agitados aires del desquicio y del desdén. Annette pensaba y escribía todo lo que su mente le dictaba:

Para bien o para mal, el que dirán es lo que menos importa, cuando las cosas van contra corriente, y cuando nuestros sentimientos se tornan más imprudentes.

Algunas veces nos sentimos fuertes, y otras sumamente débiles. Algunos días despertamos con la sensación de cambiar el mundo, y otros días sentimos que no podemos cambiar nada en absoluto. Cuando somos niños o jóvenes, podemos imaginar y crear caminos más fáciles para nuestras jornadas agitadas, y para nuestras desilusiones alteradas. Soñamos y construimos mundos mejores, y emociones llenas de heroísmos y fervores. Aunque nuestra realidad nos aparta enormemente de nuestros sueños, la esperanza siempre nos da el empuje que necesitamos, para luchar contra los crudos vientos. La esperanza nos anima, y nos ayuda a continuar peleando, y a defender nuestros sentimientos, y nuestros deseos de alcanzar lo que queremos. Ser soñadores es lo que nos empuja a continuar luchan-

do, y a levantarnos de los atropellos. La injusticia es muchas veces la madre de nuestro coraje para salir adelante.

Cuando has llevado una vida de carencias, a veces no esperas demasiado. Tal vez sueñas con tener una mejor vida, pero aprendes a vivir con lo básico. Esperas que algún día las cosas cambien, y constantemente imaginas, que llegará el momento en que alguien o algo, te ayuden a salir de tu hundimiento. Tu contribución emocional a veces llega muy alto, pero normalmente, la confusión no te permite salir ni un sólo segundo de tu mundo revuelto.

Los críticos pedantes y soberbios, dirían que eres un pobre diablo, que careces de expectativas y de metas en la vida, que te mantienen en un futuro incierto. Pero nadie conoce tus profundas intenciones, ni las tormentas emocionales que vives a cada momento. Quién reconocería tu sufrimiento, sin haber vivido la misma clase de abusos emocionales, y sin haber experimentado la misma clase de hechos violentos.

Quien ha llevado una vida carente de compasión, y carente del amor básico que todos los seres humanos necesitamos, para sentirnos emocionalmente despiertos, es el único que podría entender tu falta de ánimo, y tu falta de aliento o de esfuerzo.

Tal vez algunos sentirán lástima al verte hundido en la pobreza, y con una vida llena de conflictos y enfrentamientos. Pero desafortunadamente, sólo eso es lo que sentirán muchos de tus merodeadores, y muchos de tus testigos críticos más severos. Pocos sentirán verdadera compasión y verdadero amor, ofreciéndote una mejor solución a tus problemas internos. El universo marcha sin parar, y nada detiene el paso del tiempo.

Algunas personas aparentamos una clase de felicidad, que realmente pocos logran alcanzar. La vida está llena de pasiones escondidas y apariencias reprimidas. La vida tiene justicias e injusticias, ironías y alegrías.

Quién conoce la verdadera vida de una familia pobre, o de una familia rica. Quién se ve a sí mismo en los ojos de los extraños, y acepta con dignidad y valor, que todos atravesamos el mismo camino, y que todos participamos de las mismas exaltaciones, y desfallecimientos humanos. Quién reconoce sus propias fallas y debilidades, sin alardear o maquillar sus actos. La capacidad de reconocer nuestras faltas y nuestros hábitos rancios, sin señalar a los demás, y sin esconder nuestros altibajos, es una tarea que sólo las almas grandes pueden llevar a cabo.

LA ESPERANZA DEL AMOR

Cuando Annette contaba con veinte años de edad, su padre murió. Ella sintió cierto gusto y conmoción. Su verdugo había terminado enfermo y borracho. Su madre había dejado de lado su sufrimiento y su desgano. Las cosas para su familia, parecían colgar de un mejor cuadro. Sin su padre abusador y bebedor, se respiraba en su casa un ambiente mejor. El trabajo en el restaurante, le ofreció a Annette la oportunidad de salir de su madriguera familiar, y de conocer experiencias ajenas, que le permitieron sopesar sus tragedias. Su trabajo no era para muchos ni el más íntegro, ni el más sensato, pero para ella, representaba la enorme oportunidad de comer, y la enorme esperanza de equilibrar su pasado. Al paso del tiempo, Annette conoció en el restaurante a un hombre serio, que le daría una alternativa diferente de vida. Decidió cambiar su jornada y su rutina, tomando ventaja de la oportunidad de mejorar y conocer más. Este hombre era educado en una familia con una posición económica tranquila, que sobrepasaba las carencias y la escasez del hogar de Annette. Su nombre era Israel, y su admiración por ella, fue desde un principio, un acto de compasión y dedicación, por una mujer con muchos prejuicios, pero con un corazón noble y con un espíritu de sacrificio enorme.

En muy poco tiempo de conocerse, Annette e Israel decidieron vivir juntos. Planearon vivir juntos por un tiempo pactado, para después casarse, una vez que conocieran el resultado de su romance. Su decisión fue rápida, y sin mucho tiempo de planear y organizar. Sus planes para vivir con Israel, eran una mezcla de desesperación y rapidez, por cambiar su mundo lleno de inseguridad y confusión emocional. Israel era el hombre que Annette siempre había soñado. El hombre que muchas de sus amigas deseaban, en el mundo actual de extremo conflicto marital, y de divorcios acelerados. Al igual que Annette, Israel había tenido un pasado agitado, pero con diferentes posibilidades, experiencias, y expectativas, que para ella lo volvían el hombre adecuado.

Con sólo un mes de noviazgo, las apuestas de la unión entre ambos convergían demasiado. La mayoría de las personas que conocían a Annette, no creían que su unión duraría demasiado. Era una mujer introvertida, y no tan bonita, para la clasificación de nuestra sociedad, que entiende a la belleza exterior como la principal fuente de prosperidad y grandeza. Su familia pensaba que estaba loca, y a pesar de algunas de sus acciones atrevidas, en cuestiones de amor, Annette era la persona más tímida. No había tenido otra pareja en su vida, y su futuro esposo causaba mucho ruido y confusión, tanto en su familia, como con sus amigas. Al principio nadie creía que Annette se juntaría con Israel. Ella llevaba una vida de carencias y amarguras severas.

El día que Israel le propuso que vivieran juntos, Annette le expresó que deseaba que fueran a la casa de su madre, para darle formalmente la noticia de su enlace. Estaba un tanto nerviosa por la reacción de su familia, pero muy en el fondo, sentía que la noticia les agradaría.

En cuanto el padre de Annette murió, ésta decidió irse a vivir con unas amigas. Su infancia reprimida llena de carencias y agonías, la empujaron a construir un nuevo camino en su vida. Sintió el enorme deseo de salir corriendo, de una realidad poco certera, y muy conflictiva. La decisión de irse de la casa de su madre y vivir apartada de su ambiente familiar, fue tajante y crucial en su vida. Para muchos miembros de su familia, su huida fue una enorme desilusión, para su madre en especial, fue como una estaca en el corazón.

Afortunadamente, para el día que Annette tomó la decisión repentina de comenzar a vivir con Israel, la relación con su madre era menos conflictiva, y más estable que antes. Interactuaban más y aunque en muchas ocasiones su madre le rogó que regresara a vivir a su casa, Annette se sentía más contenta viviendo apartada de las tragedias de su infancia.

Para esos tiempos, Annette vivía con una pareja de amigas, que la ayudaban y la protegían. Ambas eran compañeras de trabajo en el restaurante. Gracias a su trabajo en ese lugar, Annette e Israel cruzaron el mismo camino y sus destinos se fundieron para ofrecerles una nueva alternativa. Annette siempre creía que cada persona que cruzaba su destino, tenía un impacto o significado específico. Pensaba que no importaba si la experiencia de conocer a alguien, le daba una sensación positiva o negativa, ya que todo dependía del enfoque que le daba a la experiencia y de su capacidad de reconocer las enseñanzas de cada momento de su vida.

Un día sábado por la mañana, Annette se presentó con Israel en la casa de su madre, para darle la noticia de su unión. Cuando llegaron al modesto hogar de su madre, Annette se preguntaba qué pensaría Israel de su casa. La casa de Annette en la ladera no cambiaba demasiado, a pesar de algunos arreglos que su madre había organizado. El techo era de láminas de asbesto, y con un olor a humedad que penetraba desde la entrada. Diana, la hermana de Annette había crecido, pero su mirada de tristeza y delirio aún no había desaparecido. La mirada de Diana era grande y sincera, como queriendo dar un mensaje de alivio. Cuando Annette llegó a la casa de su madre, su hermana abrió la puerta muy sorprendida y contenta. En cuanto la puerta se abrió, ella comenzó a recordar los años de su infancia junto a su padre que tanto la atormentaba. Annette tenía varios meses sin ver a Diana. Sus enormes ojos y mejillas redondeadas, le daban una sensación de melancolía, y un sentimiento extraño de estar nuevamente en su casa de niña. Su madre salió inmediatamente de la cocina y sólo miraba con extrañeza a Israel, preguntándose qué pasaba. Israel saludó amablemente a la familia de Annette, pero observando alrededor de su humilde casa. Quizás Israel no esperaba esa clase de rusticidad, Annette lo miró y se dio cuenta de que no pudo esconder su extrañeza y su curiosidad. El barrio donde vivía Annette era carente de orden. Los lujos no se aparecían por ningún lugar en esa parte de la ciudad. Sus calles estaban apenas pavimentadas, con cemento mal puesto, y lleno de fallas. Las casas construidas de distintos tamaños, y con materiales que apenas lograban un terminado acorde a su arquitectura barata. Niños jugando en la calle, con gritos acelerados y lenguaje descuidado. Transporte rural que se diferenciaba de las colonias más prósperas y menos congestionadas. La casa de Annette era humilde y desordenada. Israel era diferente, y con costumbres menos ordinarias. Aunque él no era el príncipe millonario que Annette y sus amigas soñaban, su forma de vida y sus circunstancias, eran distintas de las que ella estaba acostumbrada.

La madre de Annette había cambiado su carácter débil y acongojante. La mujer sabía que las decisiones de sus hijas, estaban fuera de su alcance. Annette sentía la enorme diferencia que su huida había causado, en las reacciones que su madre tenía en el pasado. Era más abierta y expresiva que antes, y disimulaba sus prejuicios delirantes. Fue realmente agradable para Annette, darle la noticia a su madre sobre su decisión de vivir con Israel. Ella le explicó a su madre, que tardarían algunos meses para casarse, pero que harían lo posible, para que la ceremonia matrimonial, pudiera organizarse cuanto antes. Annette pudo sentir la disimulada satisfacción que toda madre siente, cuando su hija pretende casarse. Pudo sentir su aprobación y su alegría, porque después de todo, Annette pensaba que Israel no era el príncipe azul con el que toda mujer pretende casarse, pero era demasiado lujo, para una fea y simple mujer, de sueños alborotados y complejos alucinantes.

En esos momentos de la visita de Annette e Israel, visitó la casa de su madre una de sus tías. La hermana de la madre de Annette, se enteró de la noticia de su decisión de casarse. Ésta se sorprendió, sin poder disimular la sensación de contento y curiosidad. La madre de Annette tenía una familia muy grande. Era una familia muy unida, y en cuanto el padre de Annette murió, el hermetismo y alejamiento desapareció. La calidez de la familia de su madre, y su especial sentido de generosidad y humanidad, es algo que Annette siempre guardaba en su corazón. Cuando en la familia de su madre, se atravesaba por alguna tragedia o problema, la compasión y profunda unión florecían en todo su esplendor. Esa clase de humanidad y sencillez, eran la luz de su familia, en tiempos de agonía. Esa hermandad y solidaridad, que les daba la fuerza y serenidad que necesitaban, cuando las tragedias parecían sacudir sus vidas. Mientras el padre de Annette vivió, nadie de la familia de su madre pudo siquiera acercarse. Annette y su hermana no disfrutaron de la unión y del amor familiar, porque su padre se encargó, de separar y destrozar los momentos de hermandad.

Una vez que la madre, la hermana, y la tía de Annette, se enteraron brevemente de los detalles de la unión, Annette e Israel salieron de esa casa, y se despidieron de forma inmediata. Su visita breve y sin mucha dedicación, le causó a Annette cierto grado de desilusión. La cara de su madre también se entristeció, cuando ella se despidió. Era obvio que también su madre, experimentaba inquietud y temor, por algún fracaso o separación posterior. Sentía un profundo remordimiento por las acciones del pasado, y por su falta de carácter, pero también sabía, que la vida de Annette marchaba mucho mejor. Cuando Israel y Annette se despidieron, Diana lloró con cierto dolor. Le dio a su hermana un abrazo cargado de amor y cierta ilusión. Era obvio que Diana también sufría los agitados sentimientos del pasado. Annette comprendía a su pobre hermana, sobrellevando las miserias emocionales, que ambas almacenaban por tanto abuso y desgracia. Más aún, Annette entendía los temores de su hermana, y su desesperación por aliviar su dolor y confusión.

Ambos emprendieron el viaje de regreso a la casa de la madre de Israel. Pasaban algunos días en la casa de la madre de Israel y otros más en la casa de las amigas donde vivía Annette. La madre de Israel no sabía aún de la relación de su hijo con Annette. Ésta pasaba la mayoría de los días, en la casa de la abuela de Israel y sólo visitaba su casa los fines de semana. Israel prácticamente vivía sólo, y eso les permitía a ellos moverse de un lugar a otro. Annette e Israel planeaban buscar un apartamento para comenzar a construir su propio sueño.

No duró mucho el amor secreto entre Annette e Israel. Llegado el momento, se presentó la hora de que conociera a la madre de Israel. La decisión de su unión, no incluía todos los actos sociales, que normalmente se llevan a cabo para formalizar un romance. Annette e Israel sólo pensaron en una ceremonia familiar, que les permitiera formalizar su decisión de casarse con posterity. Cierto día, Israel le dijo a Annette, que su madre la conocería. Ella no tenía idea de cómo sería la madre de Israel. Tampoco imaginaba con que ojos vería la madre de Israel, a la mujer que a partir de ese momento, interferiría en sus vidas, y en sus costumbres sociales distintas. Para el día de la presentación formal entre Annette y la madre de Israel, Annette se peinó mejor que antes, e hizo todo lo que se le ocurrió para verse bien, y para no causar una mala impresión.

ANNETTE

Israel llevó a su madre en su automóvil, a la casa de las amigas de Annette. Acordaron recogerla en la casa de sus amigas, para luego reunirse en la casa de la madre de Israel. Annette salió muy gustosa de la casa de sus amigas, pensando que las cosas marcharían de forma tranquila. Ella subió al automóvil de la madre de Israel y éste inmediatamente las presentó. Annette saludó y sonrió. Todo fue sin mucha introducción, ya que no estaba educada para hacer algo mejor. Durante el trayecto, la plática entre Annette y la madre de Israel fue casi nula. Se dirigieron a la casa de la madre de Israel, para formalizar la presentación y para conversar mejor. Israel pretendía que Annette y su madre se conocieran, ya que estaba a punto de tomar una decisión seria, que causaría cierta conmoción y agitación. Annette nunca supo si Israel le habló antes a su madre de sus planes de casarse, pero la recepción en esa casa, no fue para Annette del todo agradable.

Una vez que llegaron a la casa de la madre de Israel, ésta sólo miraba de arriba a abajo a Annette. Ella sentía la mirada pesada de la madre de Israel, pero trataba de comprender, que era normal que esta mujer, revisara de forma detallada, a la novia que su hijo se cargaba. Annette hizo caso omiso a las miradas de la madre de Israel, y continuó con la tarea de introducción simulada. Entraron a la casa de la madre de Israel, y salió la abuela de éste para saludar a Annette. El saludo de la abuela hacia Annette fue normal, sólo que al igual que la madre de Israel, cargado de miradas que en ese momento la querían aniquilar. Annette disimulaba, y se sentía un tanto apenada. No tenía idea qué decir en ese momento, y sólo seguía las pláticas y los movimientos. No hubo demasiado acercamiento con la familia de Israel. Annette pensó, que tal vez había sido ella, quien no había quebrado el hielo, pero realmente se sentía poco cómoda y muy aturdida con tantos miramientos. El día fue normal, y le invitaron una sencilla comida, que toda familia de clase media puede ofrecer en su hogar. El acto de comer era mucho más formal, al que normalmente Annette acostumbraba. La mesa perfectamente ordenada, los cubiertos en su lugar, y los utensilios que se deben usar, para una comida de gente educada. Se sirvió vino y algunos bocadillos sencillos. La plática en la mesa fue un tanto seria y forzada. La abuela de Israel la miraba fijamente, y la madre de Israel, aunque trataba de disimular las miradas, cada que podía, echaba un vistazo, para observar cómo se comportaba en su forma de comer. Posteriormente vino el postre, y Annette e Israel pasaron a la sala para platicar un rato. La madre de Israel pasaba los platos sucios a la cocina para lavarlos, y su plática con Annette, era muy reducida, y sólo se limitaba a hacer algunos comentarios. Nadie preguntaba demasiado, sólo esperaron un rato, para luego marcharse de la casa de su madre.

Annette siguió viviendo en la casa de sus amigas, y trabajando en el restaurante, mientras encontraba un trabajo más estable. Posteriormente, Annette e Israel comenzaron a formar su hogar, y su vida de pareja parecía organizarse más. Después de un tiempo ella comenzó a trabajar como recepcionista, en una compañía privada. Israel mismo la ayudó a colocarse de forma inmediata. Su nuevo trabajo la satisfacía, y la hacía sentir más cómoda y realizada. La empresa en la que trabajaba Annette era pequeña, pero las actividades diarias, requerían de mucha agilidad y constancia. El dueño de la empresa le había dado a Annette la oportunidad de desarrollarse en algunas actividades de secretaria. Eso para ella significaba una oportunidad que no podía dejar escapar. Annette tenía un sorprendente modo de trabajar, y mucha habilidad y seriedad. Hacía siempre más labores de las que le solicitaban, y esto ayudó para que poco a poco, fueran dándole actividades más serias y delicadas. Se empeñó mucho en sus labores, y su forma de aprender tenía muy entusiasmado al dueño de la empresa donde trabaja. El hombre confiaba en que ella aprendería, y podría ejercer actividades más responsables. Instruyó a una de sus asistentes inmediatas, para que la ayudara a manejar y controlar, las actividades de una secretaria. Annette puso mucho de su parte, y aprendió a desarrollarse en todas las cosas, en las que el dueño de la compañía deseaba que Annette se involucrara. Hubo muchas cosas y detalles que ella aprendió de forma un tanto cómica. Cuando comenzó a conocer la computadora, sus nervios se disparaban, y siempre trataba de aprender de forma rápida. Cuando Annette ingresó a esta compañía, el manejo de los teléfonos fue toda una algarabía. Era una locura lograr controlar tantas llamadas que entraban, y aprender a manejar cada una de las extensiones telefónicas que la compañía tenía conectadas. Cuando tuvo más experiencia, el dueño de la empresa era partidario de impartirle retos. Él sabía que Annette tenía potencial de aprender y mejorar. Para ella era realmente una oportunidad, y siempre estuvo dispuesta a aceptar mayor responsabilidad. El dueño de la compañía, sabía que Annette podía trabajar de forma seria y responsable, lo que hizo posible tanto para Annette como para éste, que ambos lograran establecer una relación confiable.

Annette e Israel rentaron un apartamento en una colonia de clase media baja. El dueño del apartamento era amigo de Israel, y éste les dio la oportunidad de que se mudaran de forma inmediata. Todo fue muy rápido, y comenzaron a vivir juntos antes de casarse. Sus primeros días de unión libre, marcaron un nuevo comienzo, y un nuevo reto. Ambos sabían que el tiempo de conocerse era corto, y que quizás la relación podría fracasar en cualquier momento. Decidieron comenzar a experimentar la construcción de un nuevo hogar, y la relación entre ellos parecía funcionar. Los problemas para Annette en su vida de matrimonio ya habían comenzado, pero ella no sospechaba aún los retos, ni las circunstancias adversas, que la llevarían nuevamente a sentirse decepcionada e inquieta.

Era una sensación extraña para Annette, cuando alguien le daba la oportunidad, de sentir nuevamente indignación y dolor. Esa sensación como cuando era tratada de forma violenta en su infancia. Ella pensaba que la vida al lado de Israel era bella, pero que le ofrecía cosas que a veces la desesperaban y la hacían sentirse que reventaba. Ahora llevaría una vida de casada. Una vida como la esposa, y como la madre que ella siempre soñaba. En esos momentos comenzó para ella, otra historia del ser humano. Un ser humano que siente y que percibe el amor y el dolor, y que se convence de que la vida otorga y quita, pero que además, concede la dicha de contar y de expresar, las alegrías y las agonías. Annette comenzó una nueva ilusión, pero también una nueva batalla, entre la razón y la irreflexión y entre la desesperación y la tolerancia. Annette pensaba que el ser humano tiene bien y mal en sí mismo y la lucha por alcanzar una vida sin perturbación, es algo que mantiene al hombre en constante sufrimiento y desazón.

La madre de Israel de nombre Laura, se casó en su juventud con un hombre con mejor posición económica a la que ella estaba acostumbrada. Laura tuvo una infancia ordinaria y básica, pero en su vida adulta, tenía orgullo y autoindulgencia exagerada. Nació en un pueblo pequeño y su casa era un hogar modesto. Su familia era humilde y sencilla. Tuvo sólo dos hermanos en su pequeña familia. Su madre era una mujer humilde y vulgar, muy arrogante y déspota con los que sentía que merecían cierta o mucha inferioridad. El sueño de Laura y de su madre era ser ricas, y con un destacado estatus social. Deseosas de tener una mejor vida y de salir de su corta economía. Ese es el sueño de casi todo ser humano, en este planeta llamado tierra, que a tantos hombres mezquinos hospeda. La mayoría de los seres humanos deseamos ser ricos y famosos, para patear el trasero de nuestros adversarios odiosos. No sólo deseamos patear el trasero de nuestros enemigos, sino también, el trasero de cualquier extraño, que pretenda aniquilar nuestro ego, y nuestro sentido de supremacía y dominio. Esas son nuestras impurezas mentales, y nuestra naturaleza recia, que nos lleva a pelear y a desatar calamidades y soberbias. Ese es el sentido común de cualquier persona, arrastrada por las pasiones y por las vanidades. Siempre estamos peleando por poder y reconocimiento, rechazando nuestros temores, y defendiendo nuestros prejuicios y desaciertos. Distraemos nuestra mente de la muerte y de la realidad, para penetrar en los campos de la ilusión y la popularidad.

Laura sufría de las mismas ilusiones y tormentos. La ilusión de ser una entidad separada de los demás, defendiendo a toda costa, el adornamiento exagerado que tenemos de nuestra persona. El camino del sufrimiento de todo ser humano, en este mundo donde la mayoría, contribuimos para volverlo aún más desquiciante y violento. Laura era grosera, orgullosa, y fanfarrona. Después de una vida humilde y sencilla, se casó con un hombre de mejor posición, tuvo la oportunidad de cambiar su futuro y su humilde condición. Este hombre fue el padre de Israel, y fue el hombre que le dio a Laura, la oportunidad de conocer una vida mejor, de la que ella estaba acostumbrada. Laura tuvo con él tres hijos, que mientras fueron pequeños, no padecieron ningún sufrimiento severo. Luego llegó el momento de los tormentos. Por algunos años, Laura estuvo viviendo lo que se llamaría una vida normal. Con los estragos y retos comunes de todo matrimonio, pero con la ventaja de tener un mejor estatus social, que era lo que más deseaba alcanzar. Después de algunos días de felicidad, el matrimonio de Laura se convirtió en una pesadilla. El divorció se acercaba a su vida, sin ninguna posibilidad de detener el rompimiento familiar. Antes de casarse con Laura, el padre de Israel había sido casado con otra mujer. Al parecer, esa primera mujer era diferente a Laura, y con una familia mejor posicionada. El primer matrimonio del padre de

Israel, también terminó en separación. El segundo matrimonio con Laura, fue una pila de pesadillas y discusión.

Cuando Laura y el padre de Israel se separaron, éste tuvo muy pocos días con salud. Comenzó a enfermarse, y la soledad y la pobreza lo alcanzaron sin compasión. Enfermó de cáncer, y sus días, fueron agonizantes. Después de una vida llena de cosas materiales, el padre de Israel fue desheredado por sus padres. Nadie supo por qué su familia decidió quitarle la herencia que le correspondía. La vida para el padre de Israel, cambió de forma tajante. Fue brutalmente golpeado por su enfermedad, y por la soledad en la que lo había hundido el distanciamiento familiar. Sus días finales fueron todo un reto, porque estuvo viviendo solitario, dentro de una vecindad llena de pobreza y tormento. Terminar pobre y enfermo, debió haber sido triste y frustrante, para un hombre acostumbrado a condiciones más estables. Quizás en sus días finales, no pudo sentir la indignación de terminar abandonado, en un lugar que en condiciones de alto estatus social, pareciera ordinario e inhumano. Estuvo delirando en sus días finales, y luchando contra el cáncer. Sufrió de dolor constante, y sin esperanzas de mejorarse. Finalmente el hombre murió, sólo Israel y su hermano mayor, estuvieron con él en ese momento tan importante. El sueño de otro humano pronto terminó. Laura y sus hijos se quedaron solos, y sus vidas se llenaron aún más de incertidumbre y dolor.

Laura comenzó una vida nueva, y se fue a vivir con sus padres. Comenzó a trabajar como secretaria, y aunque su vida era difícil, tenía el suficiente coraje para enfrentar el reto de salir adelante. Laura y sus tres hijos estuvieron viviendo con los abuelos por varios años. Ella comenzó a trabajar en una compañía gubernamental, con trabajadores burócratas de tiempo completo. Laura podía tener enormes retos, y llevar una vida acelerada y conflictiva, pero nunca ponía en duda, su capacidad de aparentar, ni su potencial para simular que gozaba de felicidad absoluta.

Laura era orgullosa, y defendía su estatus y su condición, como la mejor. Para Laura y su madre, Annette era una sirvienta, y una estúpida sin educación. Annette también hacía en su trabajo funciones de secretaria, al igual que Laura. La hija de Laura, también tenía una posición de secretaria, y a pesar de eso, Annette no les inspiraba ningún respeto. El orgullo engrandecía a Laura, y la hacía sentir muy superior. La hija de Laura trabajaba como secretaria, para la misma compañía burócrata, donde llegado el momento, Laura se jubiló. Laura y su hija merecían un enorme respeto, a pesar de sus posiciones mediocres, pero Annette, sólo merecía para ellas, repudio constante, y la etiqueta de esclava y de pobre.

Annette pensaba que todos navegamos en el mismo barco, y con las mismas ilusiones y sentimientos humanos. Con la misma sensación de auto defensa y soberbia, que nos hacen olvidarnos de la sencillez, y de la vulnerabilidad de la tragedia.

Con el tiempo, Laura se ganó una mejor posición en el trabajo. Estuvo a cargo de algunas actividades del departamento de recursos humanos. Era una mejor posición para ella, pero nada extraordinario, o más allá de una familia normal, que vive sin pasar hambre, y con algunos sobrantes, que no se definen como excéntricos o predominantes. Laura siempre decía que su posición en el trabajo era alta, y con varios empleados a su cargo. Disfrutaba como todo ser humano, de engrandecer su ego y de subestimar a las personas de menor prosperidad o de inferior rango social.

Después de varios años de trabajo, Laura compró un apartamento nuevo. Era un apartamento simple y pequeño, para una familia de cuatro miembros. Todos los días, iba y venía de un lugar a otro, y sus padres la apoyaban para cuidar a sus hijos, mientras ella trabajaba. Ella tenía la intención firme de mejorar su condición y se esforzaba por lograr su ambición.

Algunos años después, el padre de Laura también murió. Tuvo algunas complicaciones estomacales, y falleció algunos días después de entrar al hospital para tratarse. Esa fue la segunda tragedia para la familia de Israel. La madre de Laura quedo sola, y Laura y sus hijos, tuvieron que vivir con ella, hasta que murió la infeliz abuela. Compartieron su tiempo entre la casa de su abuela, y la casa de Laura. Israel y sus hermanos sufrieron mucho la pérdida de su abuelo. Este había sido como su padre, y les había dado la oportunidad de vivir tiempos alegres e inolvidables. La abuela de Israel sufrió mucho cuando su esposo murió, y durante muchos meses, estuvo consternada por la tristeza y el dolor. El tiempo le dio a la abuela de Israel, la tranquilidad y la aceptación que necesitaba, para sentirse mejor.

La abuela de Israel era realmente arrogante y petulante con Annette. La convivencia con ella, fue para Annette una experiencia denigrante y severa. Por supuesto para Laura y sus hijos, esa mujer petulante y soberbia, era una dulce abuela. La abuela que los cuidó y los protegió hasta sus días finales. Annette comprendía hasta cierto punto sus desplantes, y suponía que toda familia protege a sus miembros, con amor y dedicación incondicionales.

Laura continuó trabajando para poder alimentar a sus hijos, y para darles una mejor educación, que les permitiera mejorar su condición. La abuela cuidaba a los nietos mientras Laura trabajaba, y el paso de la niñez a la adolescencia de éstos, surgió de forma sorprendente, cuando Laura menos lo pensaba. Sus hijos varones comenzaron a vivir solos en el departamento que Laura había comprado. Israel y su hermano estudiaban la preparatoria, y prácticamente vivieron apartados de Laura, hasta que terminaron la carrera universitaria. Laura y su hija, vivieron el mayor tiempo en la casa de la abuela. La convivencia con sus dos hijos varones era esporádica, y muchas veces se daba, sólo cuando Laura iba a supervisar su casa.

Laura trabajó y se esforzó para darles a sus hijos, la oportunidad de estudiar una profesión. Israel estudió administración;

su hijo mayor estudió una carrera de doctor; y su hija pequeña; sólo llegó a la posición de secretaria. Entre contratiempos y altibajos normales que toda familia experimenta, Laura y sus hijos salieron adelante, y los años para ellos, transcurrieron de forma ágil. Posteriormente, Laura se jubiló y su buena administración, le permitió disfrutar su tiempo y viajar sin detenimiento.

Laura tuvo la oportunidad de comenzar a hacer diferentes viajes. Sus hijos estaban económicamente estables y cada uno de ellos, había comenzado a ejercer su profesión, y a organizarse mejor. Aunque aún eran jóvenes, todos parecían ser responsables, y haber aprendido su función y su papel, dentro de la familia, y dentro de sus círculos sociales.

Laura estando más tranquila y equilibrada, comenzó a viajar con frecuencia. A veces llevaba con ella a alguno de sus hijos, o a la inseparable abuela. Penetró en un mundo de ilusión, diversión, y entretenimiento, que la hacía sentirse feliz y llena de satisfacción. Mientras más viajaba, más anhelaba conocer el mundo entero. Sus tres hijos crecieron una vida normal, y todos tuvieron su espacio y su tiempo. Laura adquirió una nueva perspectiva de vida, y sus viajes constantes, le dieron una mejor posición, en el círculo de amigos y conocidos. A pesar de su apartamento simple y sencillo, Laura tuvo la oportunidad de participar en grupos sociales económicamente estables. Aprendió a medias algunos idiomas. Algo de francés, inglés, e italiano. No hablaba ninguno de ellos al cien por cien, pero sabía cómo moverse en diferentes ambientes, y como aparentar en su medio. Sus viajes y experiencias le dieron la oportunidad de alardear y fanfarronear una posición elevada y acomodada. Nadie sabía acerca de su humilde infancia, pero muchos de sus conocidos y amigos, creían en sus vanidades, y en sus experiencias llenas de alarde.

En la primavera de 1995, Annette e Israel decidieron casarse por la Iglesia Católica. Annette no era nada religiosa, pero intentaba conocer y experimentar, la tan comentada sensación, de prometerse amor en un altar. La religión católica era parte de la familia de Israel y ella sabía que él llevaba en su vida, muchas de las creencias católicas. Esto provocaba en Annette, cierta necesidad de compartir las creencias de Israel. Ya habían vivido juntos por algún tiempo, y tenían el deseo de formalizar su relación, para sentirse psicológicamente mejor. Ella tenía muchas dudas respecto a la religión, pero había cosas en las que deseaba ser más abierta, y tomar una actitud menos severa. Ambos querían establecerse mejor, y continuar con su relación. Annette no se sentía profundamente enamorada de Israel, pero pensaba que las cosas cambiarían con el pasar del tiempo, y con mucha dedicación y esfuerzo. Para ella era difícil sentir la pasión del amor, porque su infancia había dejado secuelas amargas, que la mantenían un tanto alerta y desconfiada. Ella atravesaba por un momento de confusión, y a veces temía formalizar su relación. Los recuerdos de su infancia desolada y amarga, le causaban depresión e indecisión. Aún así, Annette decidió tomar la decisión de casarse, y vivir al lado del hombre, que le daba la oportunidad de mejorar y de cambiar.

Para Laura y la abuela, ella era fea y ordinaria. Su relación con su hijo les molestaba, y no estaban dispuestas a aceptar la incómoda presencia de Annette, bajo ninguna circunstancia. Su enorme indignación hacía de sus actitudes, un cúmulo de groserías y maltratos, que Annette tenía que tolerar, esperando que el tiempo, le diera la oportunidad de ser mejor tratada.

El día de la boda por la iglesia católica, Laura y la abuela tuvieron el infortunio, de tratar de cerca a la familia de Annette. La madre, la hermana, y las tías de Annette, fueron groseramente ofendidas y despreciadas. La abuela de Israel estaba realmente molesta, y muy desilusionada. La ceremonia matrimonial de Annette e Israel, fue una reunión muy simple, y sin muchos retoques. La madre de Annette cocinó pollo en salsa de hierbas y arroz. Laura no muy convencida ni animada, preparó la ensalada y la pasta. Israel no estaba dispuesto a renunciar a Annette y Laura no tuvo más remedio que seguirle el juego, pese a su enorme indignación y desacuerdo. Ese día fue una pesadilla para Annette y su familia. La hipocresía de la familia de Israel estaba en todo su esplendor. Todos miraban a la familia de Annette, con una sensación de estar rodeados de fenómenos. Cuando la familia de Annette llegó a la Iglesia, la abuela de Israel expresó su furia sobre la boda, con otros miembros de su propia familia. Dijo en voz bastante alta, "por fin llegó la chusma". Otros miembros de la familia de Israel, que apreciaban un poco a Annette, le comentaron con el tiempo a ésta, acerca de la expresión grosera de la famosa abuela.

La ceremonia de la boda de Annette e Israel fue muy rápida. De parte de la familia de Israel, sólo asistieron algunos de los miembros de más confianza. Laura no estaba dispuesta a dar a conocer la decisión abrupta de Israel. Tampoco deseaba que sus amigas frívolas y diplomáticas, fueran testigos de la presencia tan ordinaria de Annette y su familia. Laura no podía aceptar que Annette fuera conocida entre sus amistades más distinguidas.

Laura y la abuela no vistieron nada extraordinario para la boda de Annette e Israel. No les apeteció sacar de sus armarios, ropas finas o elegantes, para una boda tan simple y denigrante. Ambas mujeres actuaron, como si de una ocasión cualquiera se hubiera tratado. No era necesario hacer de la boda de su hijo, toda una celebración o un espectáculo. Nadie importante iba a asistir a un festín tan corriente y ordinario.

La madre de Annette se vistió con pantalones simples, y una blusa formal. Su hermana Diana, se puso un vestido formal, que usaba para ocasiones especiales de fiestas, o reuniones importantes. Sus tías y sobrinos, se vistieron de la misma forma.

Nadie de su familia uso algo más allá de un estilo normal, para una boda simple y familiar.

Cuando la ceremonia católica comenzó, Annette sintió las miradas pesadas de todos los miembros de la familia de Israel. Annette no tenía definida ninguna religión. Su decisión de casarse por la iglesia católica, fue una ilusión que le inspiraba cierta alegría y esperanza. Annette pensaba que era también importante, apoyar a Israel en su firme decisión. Annette sabía que para Israel representaba un enorme reto confrontar a su familia, y hacer caso omiso de sus opiniones y de sus prejuicios. Israel tenía una enorme carga emocional, y sobre todo, un enorme desafío para sobrellevar, los delirios de su abuela y de su mamá.

El vestido de Annette fue realmente simple. Su madre y una de sus tías, lo compraron en una tienda de novias, que no llevaba nombre de diseñador. No era un vestido de novia de París o de Nueva York, era un vestido de novia sencillo, otorgado con aprecio y amor. Ese fue el regalo de bodas de la familia de Annette. Para la madre de Annette hubiera sido extraordinario, comprarle a su hija un vestido caro, pero nadie en su familia contaba con el sustento monetario, para un regalo más destacado. Posteriormente, Laura le comentó a Annette, que el vestido de novia de su hija, había sido traído exclusivamente de Nueva York. Annette expresó en su interior "¡Qué belleza portar un vestido fino, y mantenerlo guardado, para luego tirarlo cuando tu relación amorosa se esfumó!"

Después de la ceremonia de la iglesia, la reunión se organizó en la casa de Laura. Israel tenía una pequeña compañía de diseño de interiores y el día de su boda, su asistente fue invitada. Además, la asistente de Israel, fue muy bien recibida por parte de la abuela y de Laura. Israel era muy trabajador, y su seriedad y serenidad, le dieron a Annette, la oportunidad de sentirse equilibrada. Annette conocía en realidad muy poco sobre el ambiente familiar de Israel. Su relación tan corta la llevó a pensar, que las asperezas podrían aminorar. No conocía casi a nadie de la familia de Israel, pero poco a poco se fue encontrando con las escenas grotescas, y con las experiencias verdaderas.

La abuela de Israel no dejó su soberbia para el día de la boda por la iglesia. Descargó varias de sus quejas sobre Annette, con la asistente de Israel. Hacía gestos de mal humor, y le expresó a la asistente de Israel, que su nieto era realmente débil. Expresó que esperaba que el matrimonio entre Israel y Annette, no estuviera pactado por bienes mancomunados. La abuela de Israel estaba realmente preocupada, por las futuras intenciones de Annette hacia su nieto. Actuaba como millonaria preocupada por una herencia exagerada.

Durante la comida, todos eran extraños en ambas familias. Laura sirvió los alimentos, y la reunión fluyó de forma tranquila, aunque muy forzada y postiza. Todos comieron y trataron de entablar una plática natural, con una enorme carga de disimulo, y muchas ganas de no volver a verse más. La familia de Annette se sintió incómoda desde el principio, y les costaba trabajo, continuar con el plan de aparentar. La familia de Israel estaba profundamente indignada, por estar mezclada con gente tan ordinaria. Ambas familias tuvieron su carga de incomodidad y camuflaje social.

Cuando la reunión terminó en la casa de Laura, todo mundo fingió estar feliz por el enlace matrimonial, pero en realidad, muchos estaban actuando desconcertados, y haciendo juicios y conjeturas. La familia de Annette se sintió realmente humillada por Laura y por la abuela. La familia de Israel, se sintió profundamente indignada, con la molesta presencia de la familia de Annette. Fue toda una mezcla de sensaciones raras. Cuando la familia de Annette se despidió, su madre se sintió un tanto inquieta. Sentía el sabor de la arbitrariedad, y la hostilidad de Laura y de la abuela.

Cuando todos se marcharon de la casa de Laura, Annette quedó despojada, y enfrentando a esas dos mujeres de malas caras. El esposo de la hermana de Israel, intentaba comportarse de forma menos arbitraria. Hizo una que otra broma, y comentarios amables acerca de la boda. Luego, Israel y Annette, comenzaron a empacar sus obsequios, para retirarse a descansar a su departamento. Laura nunca pudo quedarse con la boca cerrada, y le preguntó a Israel en forma de reclamo, por qué la familia de Annette, no había llevado ningún regalo para la boda. Israel le explicó a Laura, que la madre de Annette, había gastado dinero en la comida y en el vestido de novia. Laura se indignó y se burló de la familia de la novia, argumentando, que era inconcebible y poco educado, que la familia de Annette, no hubiera llevado ningún obsequio aunque fuera pequeño. Israel le comentó algo a Laura en voz baja, y un tanto disimulado. Con un final tan desanimado, la pareja se retiró casi de forma inmediata a su casa. La despedida entre Laura, la abuela, e Israel, fue despótica y mal humorada. Annette comenzaba a enfrentarse cada vez más, a sus desplantes y a sus farsas.

LA REALIDAD COTIDIANA

A causa de la celebración de la boda, Annette se incorporó a su oficina a trabajar, después de ausentarse dos días de la empresa donde laboraba. Su vida en matrimonio era realmente positiva y no muy ajetreada. El negocio de Diseño de Interiores que Israel manejaba, marchaba de forma tranquila, para una pareja que apenas comenzaba. Ella disfrutaba la vida en su apartamento, y sus actividades fueron poco a poco organizando su tiempo. Los fines de semana, Israel decidía visitar a Laura y a la abuela, para compartir algunos momentos con ellas. Las reuniones de familia en casa de Israel, siempre fueron para Annette, estresantes y conflictivas. Siempre que estaba en la casa de Laura o de la abuela, recibía malas caras y su presencia nunca dejó de incomodarlas. Después de que Annette e Israel formalizaron su unión conyugal por la Iglesia, Laura y la abuela, parecían estar cada vez menos contentas.

Annette era para ambas mujeres, una mujer fea e ignorante. Se suponía que su hijo se casaría, con una mujer rica, bonita, y bien educada, pero Annette estaba muy lejos de esa posición tan escalonada. Israel tenía un enorme corazón, pero sus planes de alcanzar a una mujer con mejor estatus y posición, fracasaron completamente, a causa de su enorme amor. Annette comenzó entonces a conocer más profundamente a la familia de Israel. Fue una verdadera pesadilla ser parte de esa vida.

Annette nunca supo cuánto dinero ganó la madre de Israel, trabajando como jefa o secretaria, pero se dio cuenta de que Laura, era una mujer muy bien administrada. Algunas veces le parecía exageradamente avara, y su codicia profundamente rara, pero Annette comprendía, que cada cual hace con su dinero, o con su vida de asueto, lo que le venga en gana.

Después de algunos días de casada por la Iglesia, Annette comenzó a sentirse realmente atormentada, y llena de desesperanza. La madre y la abuela de Israel, comenzaron a ser más dominantes y exageradamente criticonas y hostigantes. Laura y su madre eran groseras y fanfarronas y Annette sabía que su forma de ser era desquiciante y violenta, pero llego a pensar, que el tiempo y un poco de acercamiento, podrían mejorar la relación tan frustrante. La abuela de Israel vivía en una casa simple y humilde. Un vecindario de clase media baja, con casas a medio construir. Había más pobreza que comodidad alrededor de su casa, pero la orgullosa abuela, sentía que tenía una vida de riqueza y educación respetadas.

La casa de la abuela olía a ratón muerto, y había cantidades de cucarachas por todas partes. Los muebles eran viejos y de diferentes estilos, porque a la abuela le gustaba coleccionar, todo lo que en su casa se compraba, desde que conoció a su marido. Había muebles de madera que el padre de Israel había diseñado y construido. Eran muebles viejos de estilo colonial, deteriorados y raspados de algunas partes. La cocina estaba infestada de cucarachas, y el olor a cochambre se impregnaba. Su casa era pequeña, con dos recámaras y un baño, que tenía repisas llenas de objetos empacados en muchas cajas. Tenía un pequeño patio trasero con un lavadero de cemento. Había macetas con flores descuidadas y diferentes clases de plantas. La abuela de Israel nunca tuvo una profesión, ni trabajó en su vida de casada. Su esposo le heredó una humilde pensión cuando murió. El esposo de ésta, era empleado del departamento de bomberos, cuando murió, le dejó a su mujer su pensión como único sustento.

A pesar de todas sus carencias, la abuela tenía un enorme ego. Siempre criticaba a los pobres, y era pedante y arrogante. Algunos de sus familiares cercanos, fueron enormemente criticados, y heridos por sus desplantes. Todo mundo era para ella corriente y miserable. Si las personas que conocía, no tenían dinero, o una buena posición, era un motivo suficiente, para recibir sus críticas y sus alardes. Muchas personas fueron víctimas de sus críticas y de sus desprecios. Era grosera y mal educada, pero pretendía ser diferente y mantenerse bien posicionada. La abuela tuvo la oportunidad de viajar muchas veces con su hija Laura y eso le dio aún más seguridad, para humillar y para marginar, a las personas que no tenían la oportunidad de conocer otros lugares. Tenía dos hijos más, aparte de Laura, pero estos dos, nunca fueron parte de sus anhelos como familia acomodada. Llamaba a los familiares de sus otros dos hijos ordinarios e ignorantes. Sus nietos y familiares, fuera de la familia de Laura, no merecían respeto, y siempre los trató con reproches y desprecio.

Sus otros hijos eran diferentes, vivían en condiciones económicas, que no eran ni austeras, ni excéntricas. Trabajaban para llevar comida a sus casas, como cualquier familia de clase media baja. Años más tarde y con una mejor calidad de vida, la abuela terminó desconociendo sus propias carencias. La vida al lado de Laura, infló su ego y su orgullo de forma seria. Después de algunos años experimentando una mejor vida, la abuela y Laura se sentían diferentes y muy superiores, a todos los miembros de su familia. La hermana de Laura era muy criticada. Laura y la abuela la llamaban ignorante y vergonzante. Decían que ella y su familia, eran personas muy corrientes e ignorantes.

Si la abuela podía decir eso de su propia familia, que esperaba Annette como extraña, interrumpiendo sus ínfulas de acaudalada. Ella fue su conejillo de indias por muchos años. Durante sus tiernos días de matrimonio, Annette experimentó la sensación de desprecio y humillación, en sus niveles más altos y exagerados. La trataron como a una basura, y la subestimaron de forma absurda. Ella suponía que Laura y la abuela pensaban, que era una pobre esclava, llena de ignorancia y sin mucho valor, que no merecía estar casada, con el príncipe de una familia bien posicionada.

Los días de interacción con Laura y con la abuela, fueron para Annette, realmente desquiciantes y agobiantes. Al principio, Annette trataba de evadir su forma grosera y descortés. Cuando llegaba a la casa de Laura, y ésta la invitaba a beber algo, siempre le daba la menor cantidad de los vasos. Israel siempre recibía el vaso lleno, de las bebidas que Laura les ofrecía. Ella siempre recibía los vasos a medias, o con una cantidad más pequeña. Todo dependía del humor de Laura. Cuando le ofrecían a Annette algo para comer, siempre le daban la pieza más pequeña del pollo o de la carne. En la mesa, le aventaban el plato, el tenedor, o la cuchara. Era abrumante para Annette convivir con ellas, y se sentía maltratada e insultada. Cuando su matrimonio comenzaba, Israel y Annette tomaron por costumbre, visitar a Laura en su casa o en la casa de la abuela, los fines de semana. Para Annette era realmente un sacrificio evitar sus arrogancias, y su forma despótica de recibirla en ambas casas. Siempre la encontraron totalmente repulsiva, fea y exageradamente opaca.

Annette comprendía la preocupación de Laura y de la abuela. Trataba de entender su sobreprotección con su hijo y su nieto, pero su actitud era realmente exagerada, y le causaba mucho descontento. La casa de Laura era muy simple. Vivía en un apartamento de clase media baja, con tres recámaras y un baño pequeño. El vecindario era quieto, pero con los problemas normales de una comunidad popular. La gente que vivía en ese vecindario, eran personas que tenían lo básico o un poquito más. Algunos de ellos tenían mejores posiciones, pero nada excéntrico o superior, que pudiera interpretarse, pertenecer a una familia de buena posición. Laura tenía un automóvil normal, un automóvil para alguien de clase media baja. Sus bienes materiales, le daban a Laura un toque de vanidad y un sentido arrogante de comodidad. Pero Annette pensaba, que todo dependía del enfoque de cada individuo. Siempre que podía, y que sentía la sensación de ser injustamente tratada, Annette escribía su sentir y plasmaba sus sentimientos de forma abierta y acentuada.

Para algunos somos ricos, para otros somos pobres, pero siempre le damos un valor exagerado a nuestras posiciones. Cuando eres realmente pobre, obtener cualquier bien material es una meta enorme. Cuando eres rico o tienes una vida mejor, supones merecerlo todo y tienes el deseo de adquirir aún mejores posesiones. Nuestra ignorancia nos ciega de la realidad, y adoptamos posiciones despóticas hacia otros, creyendo tenerlo todo. Es una verdadera tristeza sentir una superioridad tan severa. Aunque es natural en el hombre, esa superioridad suele ser como una estaca, cuando pisoteas y cuando humillas, de forma tan ignorante y tan rancia. La realidad es diferente, y nuestras vidas cruzan por muchos caminos llenos de incertidumbre y vaciedad. Nadie sabe si nuestra buena posición durará, y nadie sabe cuándo el día final, alcanzará nuestras vidas excluyentes y llenas de vanidad.

Annette fue educada de forma sencilla y ordinaria. Su madre siempre le enseñó, que debía acomedirse y cooperar, en las labores domésticas de cualquier casa que visitaba. Annette estaba educada para servir a los demás, con respeto y sumisión exagerada. Hasta cierto punto, las ideas de su madre la atacaban y por mucho tiempo, intentó agradar y complacer a la familia de Israel para que la aceptaran.

En cada visita con Laura o con la abuela, lavaba los trastos, y ayudaba en lo que necesitaran. Laura siempre hipócrita y mal educada se aprovechaba, para colocar en el fregadero de los trastos, todas las cosas que podía, para que Annette las lavara. Su cuñada y su concuña, fingían ayudar a Laura y a la abuela, pero terminaban dejándole los trastos a Annette, y fingiendo familiaridad espontánea. La esposa del hermano de Israel, era mejor vista y mejor tratada por parte de Laura y de la abuela. Su aparente holgura económica, la hacía ser respetada y aceptada. La abuela siempre fanfarroneaba, y decía que los padres de la esposa del hermano de Israel, eran personas realmente finas y educadas. La esposa del hermano de Israel tenía una mejor educación de familia, y sus padres eran personas con mejores posturas económicas. Obviamente, la familia de Israel trataba a esta mujer, con amabilidad y confianza sobradas.

La esposa del hermano de Israel, nunca ayudaba en la casa de Laura. Ni por error levantaba un trasto de la mesa, porque su educación fina y delicada, no le permitía rebajarse a las labores domésticas. Laura y la abuela tenían a una joven que les ayudaba a los quehaceres diarios, y la llamaban chacha o sirvienta. La etiquetaban de forma denigrante, y esto inflaba sus egos y sus instintos superfluos. A sus espaldas hablaban de sus empleadas domésticas, y las criticaban y discriminaban, como sintiéndose infinitamente superiores a ellas. Todas las reuniones estaban cargadas de alardes y vanaglorias delirantes. Siempre salían a la luz sus experiencias vanidosas y superfluas. Llamaban a los pobres, analfabetas y chusmas, y sus expresiones egoístas, parecían vanagloriarlos con un toque de admiración exagerado. Era una mezcla de jactancia y petulancia familiar, que parecía envolverlos en su mundo lleno de superficialidad.

Las visitas de Annette a las casas de Laura o la abuela, eran más forzadas que voluntarias. Realmente ella se sentía en un ambiente lleno de egoísmo y orgullo, que le daba una sensación de aburrimiento, y la hacía sentir desambientada. Se sentía abrumada con tantas palabras elaboradas, y con tanta jactancia. Israel permanecía más callado, y trataba de estar siempre al lado de Annette. Israel sabía que los desplantes de su madre y de su abuela eran exagerados, y colmados de comentarios superfluos y vanos. A veces Israel le lanzaba a Annette miradas de ánimo, y sus gestos le insinuaban, que no tomara de forma seria, las fanfarronadas de su madre y de su abuela.

Laura acostumbraba hacer críticas a la ligera, y siempre decía alguna imprudencia que molestaba. Cuando podía y se sentía más confiada, siempre le preguntaba a Annette, por qué no se maquillaba, o por qué no se peinaba de forma diferente a la que estaba acostumbrada. La abuela miraba a Annette de arriba a abajo y hacía caras y gestos que la inquietaban. Siempre que servían la mesa, se presentaba algún comentario fuera de lugar, o alguna queja que molestaba a Annette de forma indirecta. Ella era como una especie de fenómeno, que les causaba incomodidad y desazón familiar.

Laura era amante de mostrar las fotografías de sus múltiples viajes, cada ocasión que la familia se reunía en su casa. En los álbumes fotográficos de familia, siempre aparecían las fotografías de las novias antiguas de Israel. Al parecer, a Laura le encantaba colectar y mostrar a todos sus invitados, las novias que su hijo había tenido en tiempos pasados. En las reuniones familiares más importantes, siempre hacia algún comentario negativo acerca de Annette. Les hablaba a los familiares sobre la posición social miserable a la que Annette y su familia pertenecían.

Una ocasión invitaron a Annette a una reunión de familia. Había muchos parientes de Laura y de la abuela, que sólo se reunían esporádicamente en las fiestas. Cuando Laura y la abuela la presentaron con algunas de sus parientes de mayor edad, Laura le comentó de forma indiscreta a una de sus primas, que Annette no tenía ninguna profesión, ni carrera universitaria. Toda la familia de Laura y de la abuela, miraban a Annette como un bicho raro, porque ambas mujeres se encargaban, de crear una imagen negativa de su persona y de hablar mal de ella a toda costa. Varias ocasiones Annette escuchó, cuando Laura y la abuela la criticaban, y hablaban de ella de forma descarada y oprobiosa.

Laura era una mujer imprudente y maleducada, y sus desplantes de poca cultura e ignorancia la delataban. Pero Laura nunca aceptó su forma grotesca y burda de arreglar las cosas. La abuela de Israel era la más feroz y la más despiadada para abrir la boca. Siempre miraba a Annette de arriba a abajo y le lanzaba miradas de rabia y enfado. Laura y la abuela siempre lucían arregladas y peinadas. Siempre andaban de compras y aunque sus ropas no eran tan costosas, parecía que compraban artículos de marca. Se empolvaban la cara, y se pintaban las bocas rojas. Siempre estaban listas para las fiestas o para la gorra. Sus comentarios compulsivos e inadecuados, parecían ser parte del menú familiar y siempre tenían motivos para hablar de más.

La hermana de Laura siempre fue humillada por ellas. La apartaban de su círculo social, y nunca la invitaban al jolgorio familiar. Ella era diferente a Laura y a la abuela, y la etiquetaban de forma ofensiva y severa. La familia de la hermana de Laura, era vista como inadecuada y ordinaria. Siempre se referían a la familia de la hermana de Laura, como personas chusmas y mal educadas. Era increíble cómo se vanagloriaban con sus críticas egoístas, y llenas de orgullo y arrogancia.

El hermano de Laura era un hombre sencillo, con una vida tranquila, y económicamente sana. Aunque no tenía opulencias, vivía de forma equilibrada. La esposa del hermano de Laura,

siempre fue rudamente criticada. La abuela de Israel no la toleraba y al igual que a Annette, nunca fue de sus preferidas, ni de sus
aliadas. Toda familia de la abuela de Israel, que tenía la desventaja
de pertenecer a una posición económica inferior, a la que Laura y
la abuela estaban supuestamente acostumbradas, era fuertemente
criticada y despóticamente humillada. La falta de preparación
académica, hacía a cualquier persona ajena o cercana, vulnerable
a sus burlas, y a sus desplantes groseros e insultantes. Ningún
mal educado o miserable, se escapaba de sus desaires, y de su
fanfarroneo subyugante.

Israel pocas veces contradecía a Laura o a la abuela. Al final,
Israel y Annette siempre terminaban haciendo, lo que Laura y la
abuela deseaban y planeaban. Sus reuniones estresantes eran una
verdadera carga emocional, y estaban llenas de fisgoneo y arbitrariedad. Sus groserías eran imposibles de olvidar, y lo que más le
molestaba a Annette, era su absurdo orgullo y su incoherente
modo de actuar.

Dos mujeres que habían pasado por la miseria y la carestía,
y que pretendían desconocer los campos de la indigencia y de la
inmundicia. Era imposible evitar no sentirse mal, y con frustración y malestar. La primera navidad junto a ellas, fue para Annette toda una algarabía. La hermana de Israel tenía dos hijas, y eran
intocables y vistas, como princesas perfectas y divinas. Laura y la
abuela pretendían siempre ser, las más bellas, las más educadas, y
las más finas de la familia. Sus actitudes mediocres e ignorantes,
parecían no pasar por sus mentes cerradas y narcisistas. Las nietas de Laura eran una especie de muñecas de aparador, que merecían todo lo que deseaban y todo lo que pedían.

Cuando Annette se casó, la hermana de Israel tenía sólo a
la primera de sus hijas. A los pocos meses, vino la segunda niña,
y el revuelo aumentó en su familia. La hermana de Israel era más
recatada que Laura y que la abuela, y aunque un tanto forzada,

trataba de no meterse en la vida de Annette e Israel. La primera navidad con ellas, fue para Annette realmente aburrida, y exageradamente insípida. Todos los asistentes a la cena navideña, llevaban diversos guisos y platillos, para aminorar las labores domesticas de las mujeres de la familia. Los regalos para las hijas de la hermana de Israel eran masivos. Los invitados tenían que esperar después de la cena, casi cuatro horas o un poco más, para que las hijas de la hermana de Israel, abrieran todos sus obsequios. Además, todos tenían que participar de los halagos excéntricos, y de los espectáculos soberbios que las niñas hacían. Las hijas de la hermana de Israel eran el centro del universo, y las ensalzaban como princesas. Con cada regalo que abrían, se les hacia fiesta, y se les adornaba de forma compulsiva. Las pequeñas llegaban al éxtasis de la algarabía, y tenían la energía suficiente para jugar, y para divertirse sin parar. Los adultos tenían que soportar las ocurrencias y el ritmo de las niñas consentidas.

Después de la cena navideña, y de horas enteras abriendo regalos para las nietas, el jolgorio de la reunión parecía toda una faena. Annette se cansaba de tantos aplausos, y de tantas sonrisas fingidas. Todo mundo sonreía y aplaudía, aunque el cansancio y el aburrimiento los invadía. Las hijas de la hermana de Israel, eran las que más disfrutaban, y las que más se divertían. Una vez terminado el tiempo de los regalos, platicaban un rato en familia, y luego cada cual se despedía.

Los regalos para Annette por parte de la familia de Israel, eran de los más baratos, y de los menos escogidos y apropiados. A veces le regalaban algo usado, y se sentía realmente abrumada, por su intención llena de hipocresía y empatía postiza. Annette no le daba regalos costosos a Laura ni a la abuela, pero nunca les obsequió nada usado, y mucho menos entregado con tanto desgano. Cuando Annette recibía los regalos por parte de Laura y de la abuela, las caras de ambas expresaban gestos poco educados. A veces la abuela le pedía a Laura, que ella le entregara a Annette los regalos que ésta le compraba, ya que le costaba trabajo darle un obsequio, sin sentir molestia o desgano. Muchos de los regalos para Annette, eran baratijas de mercado, o cosas personales que ni a la abuela ni a Laura, le habían servido o gustado.

Para la esposa y la familia del hermano de Israel, siempre había regalos caros, y pretensiones de acaudalados. Escogían los mejores y más caros regalos, para fingir entre ellos, y para fanfarronear sobre sus gustos finos y delicados. La abuela y Laura se desvivían por los regalos para sus nietas, y compraban bultos de obsequios variados, que no cabían en un solo auto. Israel y Annette, siempre tenían la tarea de recoger y de llevar a Laura y a la abuela, a todas las reuniones y fiestas. Israel era para ellas, el único responsable de atenderlas. Israel era tímido, y demasiado entregado a su madre y a su abuela. Le costaba trabajo negarse a sus peticiones, y a sus interminables molestias. Annette al principio tuvo que aceptar sin reclamar, porque le era difícil y complicado, destrozar una costumbre familiar. Eso le costó muchas tristezas, y amarguras severas, que terminaron por acabar con su paciencia.

Las compras que Laura y la abuela hacían para las nietas, y para la parentela fina, eran exageradas y masivas, y estaban cargadas de bravuconería excesiva. La familia de la esposa del hermano de Israel, compraba regalos selectos para Laura, para su hija y sus nietas, y para la abuela. Para Laura y la abuela, compraban blusas y ropas, que siempre les fascinaban, porque las compraban en tiendas reconocidamente caras. Aunque no eran marcas realmente finas, se ensalzaban sus egos y sus ínfulas, usando marcas conocidas. Las nietas de Laura recibían vestidos y zapatos medianamente finos. Tanto Laura, su hija y la abuela, sentían el enorme compromiso de aparentar y de regalar obsequios selectos, a la familia de la esposa del hermano de Israel. No podían dar objetos comunes y ordinarios, a una familia tan atenta, que además, se esforzaba por comprarles artículos de marcas medianamente buenas.

Israel siempre recibía camisetas, calcetines, o corbatas, compradas en mercados locales, y en tiendas populares. Para comprar los regalos de Annette, ni Laura ni la abuela se esforzaban en escoger. No les costaba ningún trabajo, comprarle cualquier baratija de mercado.

Las reuniones de la familia de Israel se hicieron continuas, y mientras más conocía Annette a Laura y a la abuela, más abrumada e insegura se sentía. Laura era especial, y llena de orgullo y antipatía. Con Annette fingía, y le costaba mucho trabajo tratarla de forma respetuosa y tranquila. Cuando Laura quedo viuda, trabajó durante mucho tiempo, para poder sacar adelante a su familia. En su trabajo como burócrata, se ganó la simpatía de muchas personas. Era muy buena para fingir, y para hacer creer a la gente, que su actitud era cordial y decente. Muchos de sus familiares cercanos, estaban apartados de Laura y de la abuela, debido a sus críticas compulsivas y a sus molestias severas.

La abuela fanfarrona siempre miraba a Annette con desprecio y con rabia. Cuando Annette se casó por la Iglesia católica, la abuela estaba molesta, porque Annette llevaba algunos meses viviendo en unión libre con Israel. Ese detalle fue algo que le causó mucha indignación y descontento. Cuando Annette e Israel les dieron a Laura y a la abuela, la noticia de que se casarían por la Iglesia, la abuela les expresó su molestia de forma seria. Expresó que no era posible que pensaran en casarse por la iglesia, después de la desvergüenza, y del imperdonable pecado de vivir juntos, sin antes haberse casado ante Dios. Annette le comentó a la esposa del hermano de Israel, que no tenía porque haberse casado antes, puesto que Israel y ella, querían experimentar si su relación era funcional. Entre ambos no existía ningún conflicto serio. Todo se desbordaba, cuando se acercaban a la abuela y a Laura. Para ellas, Annette era fea, corriente, inculta, y desvergonzada. Su nivel económico les repugnaba y parecían estar muy consternadas.

Con contrariedades y malas caras, Annette e Israel se casaron por la Iglesia un mes de Mayo. Aunque su boda fue insípida, y con mucho desgano, pasaron por esa experiencia, pensando que las cosas podrían tornarse menos complejas. La vida en la infancia le enseñó a Annette, la dureza del desamor y la crudeza del dolor. Cuando el padre de Annette murió, la madre de ésta alivió mucho de su dolor. La relación entre ella y Annette, poco a poco mejoró. Ahora que Annette era casada, su madre se sentía realmente preocupada. Aunque la relación con su hija no había sido tan íntima, ni tan sana, el tiempo le dio a su madre, la serenidad necesaria para comprender, que los hijos no necesitan crecer con tantos maltratos, ni con tantas desgracias.

Los primeros días de matrimonio para Annette, estuvieron llenos de mucha magia. Israel era un hombre mayor, pero con un corazón noble lleno de amor y compasión. Desde el primer momento que se conocieron, Israel apoyó a Annette con mucha dedicación. Siempre la cuidó y la protegió, con mucho respeto y afecto. La educación de Israel al lado de su madre, lo volvió un tanto dependiente de ella y de su abuela, y sin mucho carácter. La nobleza de Israel era tal vez, una de sus mayores cargas emocionales. Laura y la abuela lo manejaban, y lo dominaban hasta cansarse. Cuando se casaron, Laura y la abuela fueron dos de sus peores adversarias. En todo momento vigilaban a Annette, y le lanzaban miradas de coraje. Israel a veces se daba cuenta de sus desplantes, y muy pocas veces tuvo la fuerza suficiente para reclamarles. Las criticas y los desplantes de Laura y de la abuela, eran constantes y abrumadores.

La gran mayoría de la familia de Laura, conocía la forma tan descortés que tenían para tratar a Annette. Muchos familiares de éstas, miraban a Annette como bicho decepcionante. Sus miradas parecían aniquilarla, y sus sonrisas fingidas, eran desconcertantes. Sus groserías constantes parecían no tener límite y Annette comenzó a cansarse. Los problemas fuertes de pareja brotaron de forma compleja. Annette se sentía desprotegida, y deseaba que Israel la defendiera, de las agresiones de Laura y de la abuela. Para Israel era un tanto difícil sobreponerse, y confrontar de forma tajante y seria, las intromisiones de su madre y de su abuela. Siempre que trataba de reclamarles, Laura y la abuela le daban explicaciones abrumantes y éste era incapaz de contestarles.

Después de rentar por algún tiempo un pequeño departamento, Laura le prestó a Israel dinero, para que compraran un apartamento nuevo. El apartamento que Israel y su madre habían buscado, estaba ubicado dentro del conjunto de condominios, donde vivía la abuela soberbia. Afortunadamente, Annette decidió frecuentar menos a Laura y a la abuela, porque sus desplantes le causaban mucha miseria. Las ocasiones que tuvo la necesidad de ir a sus casas, estuvieron como siempre, cargadas de groserías y problemas. El departamento que Laura e Israel compraron era pequeño. Annette se sentía como en una especie de huevo. Israel remodeló el departamento para que luciera mejor, e hizo arreglos en el interior, que le dieron un toque muy bello. El lugar donde estaba ubicado el departamento, era una zona de clase media baja. Había vagos y vándalos desequilibrados, que a veces cometían atropellos y desgracias. Poco a poco, Annette se acostumbró a la rutina de ese lugar tan especial. Los días jueves se instalaba en el área cercana a su casa, un mercado grande y popular, que a Annette le fascinaba disfrutar. Compraba toda clase de cosas, y se abastecía de alimentos y enceres domésticos.

Laura a veces visitaba a Annette e Israel. Cuando se hicieron las remodelaciones de su nuevo departamento, Laura estuvo al tanto de los arreglos, y participó en la compra de todo lo que se necesitó, para arreglar el nuevo hogar de Annette e Israel. Inclusive, Laura fue quien llevó a los trabajadores que harían las remodelaciones. Al principio, la participación de Laura le parecía a Annette un tanto rutinaria. Laura había sido quién le había prestado a Israel el dinero, para poder comprar el departamento nuevo. Ella pensaba que lo menos que podía hacer, era agradecerle a Laura, su enorme ayuda y su esfuerzo. Pero luego comprendió, que la intención de Laura no era solamente ayudar a su hijo. Laura cobraba con creces cada favor concedido. El préstamo para la casa parecía un pretexto más, para poder asegurar los servicios de su hijo.

Cuando el apartamento quedó remodelado, la rutina de ama de casa tomó forma para Annette. Israel trabajaba en su pequeña empresa de decoración de interiores. El negocio de Israel no era precisamente un cúmulo de ganancias, pero daba a ambos, el sustento suficiente para vivir de manera moderada. Annette siguió trabajando como secretaria y su trabajo era tranquilo y lleno de actividades que ella disfrutaba. Israel tenía en ese tiempo un automóvil Volkswagen, que luego perdió en un asalto violento. Para Israel era muy sencillo pedirle a su madre que lo auxiliara, cuando se le presentaba algún problema o conflicto. Cuando le robaron el automóvil, Israel decidió pedirle a su madre prestado su auto, para poder agilizar sus recorridos cotidianos. Laura accedía a veces un tanto renuente, a prestarle el automóvil a Israel, aunque con ciertos reclamos y chantajes de antemano, siempre lo apoyaba, cuando éste lo necesitaba. Israel estuvo usando el automóvil de Laura por varias semanas. No estaba seguro de comprar un automóvil nuevo y Laura le propuso venderle su auto, para comprarse un modelo más renovado. Israel le compró el auto a Laura, y ésta se lo vendió a un precio considerado. Annette se sentía un tanto confundida, porque estaba consciente, de la dependencia que Israel tenía con Laura. Ambos jugaban a ser indispensables y ninguno parecía estar en condiciones de independizarse.

La participación de Laura en las decisiones de Israel, era algo que estaba convirtiéndose en una carga muy extenuante para Annette. Laura tenía dos hijos más, que en raras ocasiones estaban dispuestos a cooperar, en las actividades y problemas de su mamá. Los dos hijos visitaban a Laura para las reuniones, y para los jolgorios de cada temporada, pero muy pocas veces se preocupaban por ayudarla, en sus actividades y en sus salidas de casa. Annette estaba muy preocupada, porque Laura era muy indiscreta, y le exigía de forma indirecta a Israel, que siempre la ayudara. Israel parecía no tener alternativa, y siempre terminaba involucrado en las agendas de Laura y de la Abuela.

Laura cantaba en un coro de música clásica. Su participación en ese coro, era para ella sagrada. Difícilmente faltaba a sus reuniones, o a sus fiestas de sociedad elaboradas. Cuando algo le pasaba o cuando necesitaba trasladarse algún lugar especial, siempre eran ellos, quienes tenían la obligación de ayudar. Sus otros dos hijos parecían no darse cuenta, o no querer participar en ayudar a Laura y a su abuela. Cualquier cosa que Laura consideraba pesada, Israel era el único que la auxiliaba. Annette acompañaba a Israel y le tocaba ser parte de los caprichos y las jugadas de Laura.

En cierta ocasión, la abuela de Israel expresó, que debido a que Israel y Annette no tenían hijos, eran ellos quienes tenían la obligación de ver por Laura, en el momento que ésta lo necesitara. Su expresión le pareció a Annette injusta y poco delicada, pero ya conocía perfectamente, la soberbia de esa mujer tan autoritaria. Normalmente, Annette nunca les replicaba, ni les reclamaba nada. Aunque trató de ganarse muchas veces su confianza y su amabilidad, sus intentos fracasaron y siempre terminaba disgustada, cada que la insultaban. En ocasiones se sentía muy abrumada e impotente y le preguntaba a Israel, por qué nunca la defendía de Laura y de su abuela, que tanto la molestaban. Israel

le pedía, que no les hiciera caso, porque siempre habían sido groseras y mal educadas. Annette trataba de forma muy forzada, de
no discutir con ellas, ni de seguir sus jugadas. Las visitas a la casa
de Laura eran cada vez más forzadas. Para Annette, era un
enorme sacrificio soportarlas. Las comidas y las reuniones con
esa familia, le parecían cargadas de fanfarronería y actitudes fingidas y falsas. Entre ellos la comodidad parecía ser su aliada, pero
con el paso del tiempo, el vivir con apariencias, les comenzó a
cobrar facturas muy caras.

A veces Laura trataba de estar tranquila, y de ser un poco
precavida, pero casi siempre la abuela provocaba alguna incomodidad, con sus comentarios llenos de malicia. Cuando Laura trataba de comportarse de manera educada, nunca podía culminar
con su intención forzada. Su imprudencia y descortesía le ganaban y siempre decía alguna palabra desagradable, o alguna frase
poco delicada.

A la familia de Annette la despreciaban, y nunca quisieron
convivir con ellos de manera más cercana. Para Annette, era
simple saber por qué se apartaban. Su sentido de grandeza y superioridad los incomodaba. La sensación de verse mejores, y sentirse personas más finas y educadas, los apartaba. Normalmente a
la abuela, las personas de piel morena le parecían corrientes y mal
educadas. Su actitud de rechazo, a veces desilusionaba a Annette.
Le llamaba la atención su actitud tan enferma y desconsiderada.
Ser de piel morena, para ellas significaba ser corriente y feo. Ser
pobre y mal educado, era casi un insulto para sus inflados egos.

La abuela le lanzaba constantemente a Annette, miradas cargadas de repulsión y de rabia. A veces sentía las miradas de la
abuela, y cuando volteaba para verla, los ojos de ésta más la pene-
traban. Era extraño para Annette sentir las miradas de la abuela,
que no se apartaban de ella para nada. Cuando Annette estaba de
píe en alguna reunión familiar, o en algún lugar donde Laura y la

abuela se encontraban, siempre observaban a Annette de arriba hacia abajo, de forma insultante y poco delicada.

Annette pensaba que quizás su figura flaca, les causaba indignación o vergüenza. Tal vez su cara grotesca, y su tez morena, les ocasionaba malestar, a sus personalidades superiores, y llenas de vanidad. Annette se preguntaba a sí misma, cuál era la razón para herir y para maltratar, en una sociedad, que aparenta y que idolatra a la falsedad. Pensaba que los seres humanos, siempre estamos despreciando al menor y al necesitado, sintiéndonos superiores, llenándonos de orgullo, indiferencia, y despotismo exagerado.

Laura y su madre tuvieron una vida llena de carencias y limitaciones, que las llevaron a sufrir y a padecer, lo que padecen los pobres. Sus vidas habían estado colmadas de ignorancia y desorden, y aún así se atrevían a sentirse superiores. Annette escribió una corta frase que decía:

¿Qué le da la superioridad al hombre ignorante, sino un cúmulo de vanidades, y excentricismos mediocres y delirantes? ¿Por qué la desdicha de una sociedad llena de apariencias y emociones dañinas, que sólo nos atormentan y nos limitan?

Annette siempre escuchaba a Laura y a la abuela, criticar a los más necesitados. Fingían cierta lástima soberbia y parecían admirarse de las personas humildes y austeras. Sus criticas eran rudas y con un toque de sarcasmo, como sintiéndose apartadas de la miseria, y del dolor humano. La fanfarronería y el despotismo eran sus mayores aliados, y parecían fundirse en un mundo lleno de egocentrismo exagerado.

Desdichadamente, Laura le había prestado a Israel parte de sus ahorros, para comprar el departamento nuevo. Esto le daba a Laura cierto poder, para seguir interviniendo en la vida de Annette e Israel. Laura iba a veces de visita al departamento. Cuando pasaba de la puerta, sus ojos absorbían todo lo que Annette tenía. Miraba todo de arriba hacia abajo, y a veces se atrevía a darle a Annette, instrucciones sobre cómo arreglar los muebles, o sobre dónde colocar los adornos, o los cuadros. Laura era imprudente, y nunca se detenía para anteponer sus ideas, o sus supuestos conocimientos de rica. Sus entrometimientos parecían no tener salida, y Annette empezaba a cansarse de forma preocupante.

Laura y la abuela tenían detalles muy peculiares. Aunque a veces pretendía no atender sus desplantes, le daba la sensación de que en esa familia, la sencillez era poco amigable. Laura era incapaz de cancelar una cita en el coro donde cantaba. Nada impedía sus reuniones sociales, que le causaban tanto alboroto y tanta parafernalia. Para Laura y para la abuela, era muy importante aparentar y socializar, con personas que las llenaban de orgullo y de vanidad.

Annette tuvo que tolerar muchos de los desplantes, y acciones humillantes de ambas mujeres. Aunque Annette intentó de muchas formas evitar sus desaires y tratar de agradarles, fue imposible lograr que cambiaran su posición arrogante y su forma de herir tan salvaje. Annette pensaba que quizás su error era tratar de agradarles, porque al parecer, eso les daba aún más poder, para aprovecharse de su poco carácter. A veces sentía que reventaba y la impotencia la desconcertaba. Siempre esperó que Israel, fuera menos tolerante con los desplantes de su madre y de su abuela. Siempre deseó que Israel las tranquilizara, de forma contundente y seria. Aunque Israel hablaba con Laura y con la abuela de forma pasiva, nunca logró que dejaran de molestarla. La abuela siempre tenía un pretexto para criticar a Annette, y para expresarse mal de ella, sin ninguna compasión ni cautela.

Annette escribió:

La lucidez y el equilibrio suelen posarte entre dos filos.

Annette no sólo tenía emociones que la deprimían, también sentía una enorme pasión por aprender y por conocer. Cuando se quedaba sola, siempre plasmaba sus ideas, o sus palabras imaginarias.

Con el paso del tiempo, el mundo parece corromperse, y cuanto más envejeces, los días te parecen diferentes. En la juventud más tierna, a veces parecen no existir los grandes temores, ni las grandes preocupaciones. Los años jóvenes donde tus angustias se presentan como mínimas dolencias, e inquietudes molestas. Se debate por la incomprensión de los padres, por la dominación de la madre, por el desacuerdo de tu amiga preferida, por el supuesto amor que crees tenerle al chico mejor parecido de la escuela, por la desesperación de vestirte como la moda que tu época experimenta. Te debates por fumar el cigarrillo al estilo de tu amigo preferido, o del héroe que tu mismo haz construido, te debates por buscar al hombre o a la mujer ideal, que cumpla tus expectativas y tus perspectivas.

Cuando te acercas cada día a tu propia muerte, el sentido de la vida parece comenzar a comprenderse.

Annette sabía que muchas cosas de su infancia no podían ser borradas, pero sentía una enorme fuerza por transformar sus asperezas arraigadas. Su madre había tenido una educación burda, y una vida de ignorancias absurdas. Su padre había sido un vicioso deprimido, pero al fin y al cabo, un humano más, confundido en el ajetreo de un supuesto destino.

Annette siempre estuvo en contracorriente, y no podía dejar al destino su autonomía ni su equilibrio. Conforme el tiempo pasó, Annette permitió durante varios años, que la madre de Israel interviniera, en casi todas sus decisiones y actos. Pero un día ella decidió mirar hacia atrás en su vida. Después de una introspección profunda y un tanto triste y conflictiva, Annette sintió una ahogante melancolía. Se dio cuenta de que ya habían transcurrido nueve años de su vida, al lado del hombre que tanto la había ayudado. Nueve años en los cuales, Annette había acumulado el peso del desprecio. Llevaba en su alma la carga desbordada de la humillación, el desdén y el agravio.

Se zambulló en el pasado, y el recuerdo de su infancia, la hizo despertar a una realidad que ella había olvidado. Su hermana ya no era la pequeña traviesa e inocente de ojos grandes. Diana se había convertido ahora en una mujer sumida en el desdén, y en la conformidad, de una vida manipulada y restringida. Diana era bella, pero su baja autoestima, la consumía y la reducía. Había optado por llevar una relación con un hombre casado. Diana tenía tres hijos y un hombre que lo único que le ofrecía, era un cariño a medias. Un hombre sin pizca de conciencia respecto a la paternidad, o a la responsabilidad conyugal. Nunca capaz de embestir a la bestia, ni de organizar su pesada cotidianeidad. Pero esa era la vida de Diana, y Annette no podía hacer que su hermana buscara un camino diferente para luchar. Pensaba que tal vez Diana, encontraba ciertas minucias de felicidad, en su vida tan desordenada. Luego pensaba, que tal vez no tenía minucias de felicidad, sino una enorme carga emocional, que la cegaba y la paralizaba para buscar algo más.

Annette escribía cuando su hermana aparecía en su melancolía:

Quién es más desquiciante entre un abusador y una víctima, limitada a su pusilánime autoestima. Una víctima que es noble, pero demasiado sumisa. Un abusador, que sabe esconder sus mañas y sus injusticias, ante la enceguecida víctima.

Annette concluía que ambos provocaban cierto desencanto.

¿A quién se le debe juzgar, y a quién se le debe tener consideración? Al abusador, que ha logrado destituir sus prejuicios, y pretender no tener compasión dotando a su ego de mucho dominio y convencimiento preciso en contra de su agredido. A la víctima, que parece zambullirse en la pereza de la desdicha. La víctima que es incapaz de protestar y que tiembla asustada y temerosa, ante un animal furioso y abusivo que la domina.

Annette pensaba que ninguna de las dos posiciones la consolaban. Diana era una mujer sumamente sumisa y conformista. Annette concluyó, que el cambio para Diana, era algo tal vez muy lejano. Quizás si el entorno y las circunstancias de Diana cambiaban, entonces afloraría en ella la sensatez y la lucidez. Aunque para Annette era triste ver a su hermana sumida en la pobreza, y en la tolerancia absurda, no estaba en sus manos ni en sus reclamos la vida de Diana.

Entonces comenzó a sentir cierto fervor por insistir en sus desdichas, y en el intolerable lema de las injusticias. Laura le había dado a Annette, la fuerza que necesitaba, para explorar el ámbito humano de forma más sensata. Laura era pedante y despiadada, al igual que la abuela grosera y malintencionada. Annette se debatía entre luchar por la justicia, o retirarse sin confrontar a sus adversarias. Darles el placer de crecer en su superioridad fingida. Para Annette era difícil tomar la decisión de abandonar a Israel. Él había sido el hombre que le había permitido conocer otra clase de vida. Él había sido el hombre que la había protegido, cuando Annette estaba sumida en el desequilibrio. Su decisión era difícil, pero ciertamente excitante, para ofrecerle cierto desgaste. El desgaste que ofrece un reto por humanizar y por concientizar, el despotismo y la arbitrariedad, de ciertos individuos de la urbe social. El desgaste que ofrece el levantar la voz, cuando pretenden convencerte de que nada mereces. El desgaste que ofrece el razonar y argumentar, cuando dos oponentes pretenden racionalizar, y defender su capacidad de pensar.

MÁS DE LO MISMO

Annette veía en Israel a un hombre bueno y bondadoso. Un hombre de corazón noble y sentimientos valiosos. Israel parecía adormecido en sus intentos por calmar a Laura y a su abuela. Aunque les pedía que no maltrataran más a Annette, sus exigencias eran poco severas. Cierto día, en que Annette estaba solitaria, comenzó a escribir las rupturas de su infancia. Concluyó que su mayor afección, había sido cuando su padre la golpeó, o la castigó sin demasiada razón. Eso le había dado mucha inseguridad y desequilibrio, pero su espíritu luchador, le permitía siempre encontrar una respuesta diferente a su dolor. Su madre era cobarde, siempre temerosa ante su alcohólico marido. Dispuesta a no defenderse, ni a entorpecer su sumisión ni su delirio. Veía en su madre, a una mujer pusilánime llena de amarguras. Cuando el padre de Annette murió, existía cierto sentimiento de paz interior. A veces le parecía cruel, agradecer la muerte de su padre, pero algo interior parecía exigirle cierto desaire. Ella deseaba haber nacido en una familia menos desafortunada, pero también pensaba que sus circunstancias, eran quizás las más adecuadas. Aquellas que la posaban en el camino medio de los desequilibrios perfectos.

En la segunda parte del escrito de sus rupturas, Annette dibujó por un lado superior a Israel. Este representaba para ella, un ascenso en sus experiencias. Debajo de Israel, figuraba Laura y la abuela. Ellas habían sido las portadoras de un nuevo desequilibrio en la vida de Annette. Ahora Annette trataba de entrever, cuáles eran las circunstancias, por las cuales era odiada y discriminada.

Escribió algunas líneas donde señalaba:

> *Ciertas personas no me quieren por las siguientes faltas: por ser poco agraciada. Por mi situación económica. Porque no he tenido educación, por ser inculta, insociable, ordinaria, nada atractiva. Por no tener "clase" ni modales. Por provenir de una familia inculta e ignorante, proveniente de la chusma y sumida en ella...*

Annette sentía una profunda tristeza, por no haber tenido mejores oportunidades. Las dudas de su apariencia llegaban a causarle ciertas inseguridades. Pero no pretendía sumirse en la ambigüedad de los desaires. Su agradecimiento hacia Israel, la posaba en cierta mesura para auto-valorarse. Sabía que había diferencias entre la familia de Israel y su familia. Sabía que no poseía muchos de los conocimientos, que la familia de Israel presumía. Sabía que su forma antisocial, no le dejaba una imagen favorable, pero intentaba agradar en su forma ordinaria y salvaje. Eran tantas las cosas por las que Annette intentaba encontrar mayor estabilidad, pero para Laura y para la abuela, nada cambiaba la antipatía, ni la nula estima que les producía.

Israel se movía en un péndulo de confusión y hostigamiento. Para Israel, era difícil poder imponer un cambio en las actitudes de Laura y de su abuela. Nada lograría que ambas mujeres la aceptaran. Annette se sentía cansada y abrumada, y decidió comenzar a atacar su inseguridad, y su impotencia arraigada. Comenzó a escribir frases, versos, y textos que la alimentaban, y que le daban la fuerza para seguir, y para continuar con su relación tan agitada.

Una tarde escribió:

MELANCOLÍA CONVALECIENTE

Mi inhibidora mente me lleva a creer que soy poseedor de todo, me engaña diciendo que soy yo... me susurra que mi razón, es más que una simple opinión.

¿Qué soy yo? ¿Acaso un pescador?

Soy mucho menos que un pescador. Un pescador se aventura en el mar y encalla su caña sobre un vasto océano incierto, donde no sabe si ese día el azar o las circunstancias, le darán un buen alimento. Un pescador lucha entre las olas empujadas por el viento, y su barca se hondea en un vaivén inseguro, voluble, e inconcreto.

¿Qué soy yo? ¿Acaso un vagabundo?

Un vagabundo se lanza al vacío y a lo incierto y recorre caminos severos. Está a la vez activo, pero también muerto. En espera que del acomodado o del lastimoso, llegue a sus manos algo de sustento. Sus pasos se acostumbran a lo burdo y a lo mugriento, y aún así, continúa, se abre paso entre los rechazos, y entre los fríos violentos. No sabe dónde acampará al final de su jornada, pero deja a su suerte y a su simpleza, la respuesta a su indiferencia.

¿Qué soy yo? ¿Acaso un alfarero?

Un alfarero tiene en sus manos la creación, y en su creatividad el sustento. Su arte lo eleva, y le permite alimentar su naturaleza y su medio. Un alfarero usa sus manos, y domina el arte del invento. No está seguro si el resultado será bien remunerado, pero pone su corazón y su empeño, para descubrir y construir algo nuevo.

¿Qué so yo? ¿Acaso un leñador?

Un leñador busca entre los montes, entre la maleza, entre los cerros. Camina lugares y senderos, que atraviesa confiado en conse-

guir buenos maderos. Corta robles, encinos grotescos y en el grosor de esos enormes troncos, acuña su hacha con fuerza y con precisión, para destajar y fragmentar una forma antigua, que le llevó casi siglos crecer, mantenerse activa.

¿Qué soy yo? ¿Acaso un pintor?

Un pintor seduce su brocha y plasma su pasión, trazando formas llenas de vida y color. Un pintor enaltece su obra, cuando logra tocar el espíritu de su espectador. Un pintor puede ocasionar que un espíritu se eleve y se manifieste.

No me encuentro en ninguno de estos hombres creadores de valor y de belleza. ¿Quién soy yo? ¿Acaso una simple composición de mi mente?

He llegado a una conclusión indulgente. Soy una frágil representación de un universo inmanente, que a cada minuto forma un suceso único y diferente. Una simple representación de una vastedad ilimitada, que mi corta imaginación no acepta, pero tampoco sabe como negarla. Soy un punto medio entre lo falso y lo verdadero, entre lo justo y lo injusto, entre lo coherente e incoherente. Mi locura me provoca y me entristece, como si el puño de la inseguridad, atravesara mi cuerpo y me dejara inerte.

¿Tengo acaso el derecho a exigir una respuesta a mi limitada existencia? Soy un simple melancólico, que traza su historia de forma frágil, mártir, y tortuosa. Soy sólo un hombre que con aires de arrogancia destruye, y con aires pusilánimes se esconde.

Ese soy yo… alguien nombrado Hombre…

Nunca pedí nacer en este mundo frágil, pero contundente en su suerte; nunca pedí existir con este cuerpo endeble, pero organizado de forma extraordinaria y coherente; nunca pedí morir y ser borrado de esta corriente. Debo adormecer mi conciencia, y controlar mi mente que me pide respuestas, pero que se limita por no saber con-

testar, lo que nadie puede aún explicar. Mi destino ineluctable es incierto, temeroso y violento. Pero tengo la sensación de que está bellamente organizado, para estampar en su espacio, mi último suspiro y mi último aliento.

El amor que Annette le tenía a Israel era muy humano. A veces voluble y limitado. A veces sincero y apasionado. A veces generoso y desinteresado. A veces abrumante y desquiciado. Los momentos de felicidad, eran una especie de bálsamo. Ella sabía que Israel la amaba, y que su amor era sincero. El era un hombre que sabía comprender y educar a Annette. Se sentía agradecida, pero también entristecida. Laura y la abuela eran parte importante en la vida de Israel. Su interacción era necesaria, y a la vez complementaria. El necesitaba a su familia, aunque la familiaridad fuera jerarquizada. Israel necesitaba a su madre y a su abuela. Para él no eran las mismas fieras que para Annette. Eso volvía las cosas demasiado complicadas, y Annette trataba de encontrar un equilibrio, y un espacio racional para convivir sin disputar.

Así escribía:

HOMBRE...

¿Qué domestica al animal de su imprudencia? No es la lanza o el rifle del cazador ferviente, lo que vence o doblega a una fiera. La serenidad se alcanza, cuando el animal logra amaestrar a su naturaleza. La imprudencia se desata y se acelera, cuando se pretende encoger o minimizar a la fiera. Su naturaleza ambigua es humana y es animal. Su naturaleza humana es trágica, frágil y aventurera. Su naturaleza animal es feroz, violenta, sabe saltar, y asirse a la crudeza.

Si la historia ha alcanzado al animal, y le ha dejado avanzar por los senderos de la destrucción total, entonces la fiera recorre un sitio confuso, que la incita por segundos a suavizar su mal. Es a causa de su historia, que ha aprendido su humanidad. Son sus aventuras crudas y dolorosas, lo que le permiten reflexionar y replantear. A veces le permiten domesticarse y adoptar el camuflaje.

Se encoge en su choza cuando siente el dolor de su propia derrota, pero acecha con determinación, para devorar a su competidor. Su víctima busca lo mismo en la selva del dominio. El iluso o el arriesgado, a veces se aventuran a recorrer los caminos del peligro. Es su debilidad o su confianza, la que los hace avanzar, para ser devorados o para devorar. Su ingenio los lanza a su muerte y a su delirio. Su astucia los lleva a la gloria pasajera, cuando su adversario se vence o se doblega.

Entre el sol y la luna existe el equilibrio, el dominio, la abdicación, la sincronización absoluta. El sol deslumbra a la fría luna, y la hace dar marcha atrás, cuando este tiene que cumplir con su misión gravitatoria. La luna impone su oscuridad, y cubre al sol hirviente, cuando es su turno de equilibrar y armonizar, al universo que la sostiene.

Es así como la bestia comprende, que necesita tanto su debilidad como su astucia. Es así como la muerte ofrece un nacimiento diferente. El mundo es de cuestionamiento infinito, sensible, transitorio, movible. La fiera avanza y aprende, pero también retrocede a su historia, y repite episodios de asentamiento, de decadencia, de oscuridad, y de gloria.

La espada es firme, y siempre está presente para desenvainarse, cuando la bestia siente que la asechan o que la hieren. No es mala ni buena, sólo se defiende y se protege y lucha contra su naturaleza, que parece no saber contenerse.

Lucha por la justicia, siendo un juez arbitrario e incoherente. Determina su mal como una condición negativa y doliente. A veces hábil, a veces torpe, a veces con espíritu de lucha, a veces con espíritu de derrota. Frágil en su desnudez absoluta, se pregunta la bestia, hasta dónde puede comprender su naturaleza, y hasta dónde llega su gloria y su certeza.

La sensibilidad pareciera que empequeñece, pero reafirma y conmueve, hasta que la bestia se posa frente a la serenidad de su temple. Es en la serenidad donde la bestia logra meditar, crear, moderar, planear fuerzas y estrategias. Esa bestia racional e irracional, que debe empujar sus delirios y sus demencias, tratando de equilibrar la dualidad incipiente de su naturaleza.

Su fuerza y su locura la llevan a la desmesura, pero no es la bestia en su totalidad, es algo que la persigue y la debilita, con una enorme potencia, que pareciera no tenerle clemencia. Entre el vacío y el delirio, la bestia toma fuerza. Empujando contra corriente, logra emancipar su fiereza, y se mantiene en el punto medio, donde ve sin ver, donde escucha sin escuchar, donde domina sin dominar.

Esa bestia bella y de ostentosa fealdad, cuando se mira a si misma tan frágil y tan soberbia. Esa bestia que pretende pisar la eternidad, y se sume en su incidente transitoriedad. Devora y es devorada, cuando su materia no alcanza el estado de la durabilidad. Envejece y se enferma, dando su lanza a sus gacelas, y a sus ovejas inexpertas.

Su lucha fue efímera, pero también lenta, cuando agonizó y cuando fue descubierta. Su piel se ha cuarteado, y le ha hecho quedar horrorizada frente al espejo que la revela. Su fortaleza ha decaído, y se ha reducido a movimientos de un animal recién nacido. Su armazón de soberbia ha sido desvanecido, y sólo le han quedado estelas de los logros, de las contiendas, y de los desequilibrios.

También lleva consigo el incienso encendido, de los aromas de su tierra y de su cultivo. La fiera se entrega y cede el paso a las bestias de una nueva era. Cuando la racionalidad la alcanzó, la bestia fue capaz de construir, de equilibrar, de convivir sin atacar, de enseñar sobre sus trampas y sobre sus estrategias.

Fue capaz de cubrir a otras bestias, para aminorar su agitación y sus dolencias. Fue capaz de crear arte, de crear belleza, de plasmar nuevas razones e ideas, para alimentar el espíritu de otras bestias. Necesitó de la luz y de la oscuridad, para consolidar su fuerza, y para alimentar su creatividad inmensa. Necesitó de la injusticia para razonar, y para valorar la serenidad y la proeza. Necesitó de la luna, para ejecutar sus trampas nocturnas, y necesitó del sol, para fatigar a su depredador.

Ahora la bestia sólo espera que concluya su marcha pasajera. Lentamente deja su selva, y sólo quedan las huellas que pudo plasmar en las piedras. Quedan sus tácticas y sus rese-

ñas, que pasarán a la historia, o que quedaran hundidas en el
desprecio o en la indiferencia.

Annette comenzó a sentir mucha indignación. Israel era el
único que podía soportar su ira. Cuando se dio cuenta del paso
de los días, y de su enorme cobardía e impotencia, para confrontar a Laura y a la abuela, entonces decidió hacer de sus reclamos,
un cúmulo de sobresaltos y disputas severas. Annette comenzó a
reclamarle a Israel, su forma pusilánime de enfrentar a su madre
y a su abuela. Comenzaron las verdaderas peleas, y las agonías
conyugales serias. Annette estaba confundida, y sentía cierta soberbia. Ella sabía que Laura y la abuela, habían llevado en su infancia vidas de miseria, y se negaba a aceptar sus actitudes violentas y grotescas. Entonces la impotencia y la ira hicieron de Annette
una víctima. Comenzó a ser difícil para Annette, no sentir rabia en
contra de ellas. Con cada nuevo insulto o agresión por parte de
Laura y de la abuela, Annette explotaba de forma descontrolada, y
le reclamaba a Israel, su debilidad para detenerlas. Esto hizo que la
relación entre Annette e Israel comenzara poco a poco a desfalle-
cer. Annette sabía cómo ofender y su impotencia la enceguecía,
descargando toda su ira en contra de Israel. A veces trataba de
controlarse, pero Laura y la abuela la hacían desquiciarse, y siempre había detalles que provocaban en Annette, mucho coraje e
impotencia. Tuvo varios enfrentamientos fuertes con Israel, y cierto día, decidió marcharse de su casa, intentando de forma desesperada, que las cosas se mejoraran. Se marchó a la casa de una de las
hermanas de su madre, y le dejó escrita una carta a Israel, expli-
cándole los motivos de su decisión de separarse de él.

Mientras continuaba trabajando como secretaria, Annette
esperaba que los problemas se solucionaran, y trataba de tomar
una decisión, respecto a continuar al lado de Israel, o separase de-
finitivamente de él. Ambos se amaban, pero para Annette era muy

difícil intentar hablar con Laura. Había una especie de cobardía por su parte, que la inmovilizaba y la restringía. Mientras estuvo hospedada con su tía, Annette tuvo la oportunidad de contarle detalle a detalle, los problemas por los que atravesaba. Su tía intentaba convencerla de que regresara con Israel, y de que tuviera paciencia con Laura y con su abuela. Pero Annette le explicaba a su tía, que había intentado de diferentes maneras, ganarse la confianza de Laura y de la abuela y nunca lograba que la respetaran. Después que la tía de Annette comprendió las malas experiencias, y los maltratos que ella toleraba, ella también llegó a pensar que quizás para Annette, era mejor una separación. Su tía estaba realmente preocupada y deseaba que las cosas entre ambos mejoraran. La familia de la madre de Annette tenía una educación muy conservadora. Para ellos era un enorme fracaso, dar por terminada una relación matrimonial. Las hermanas de la madre de Annette, estaban educadas para luchar por mantener su matrimonio, y para evitar a toda costa la separación o el divorcio. Estaban educadas para soportar relaciones amargas, entregándose con dedicación, a su labor como amas de casa. Aunque para la tía de Annette, era difícil aceptar que su sobrina se separara, ésta había terminado su primera relación matrimonial y en esa época vivía con su segundo esposo. Su tía le expresaba su angustia, y las enormes dificultades por las que atravesó, cuando se separó en su primer matrimonio. Le explicaba que era muy difícil quedarse sola como mujer. Luego le pedía que pensara bien en las consecuencias, de tener que tolerar la decepción familiar. Para Annette era muy difícil cambiar de idea y regresar junto a Israel, sin antes tratar de exigir ciertas reglas. Ella estaba decidida a esperar que Israel pensara mejor las cosas, y que por su lado recapacitara, en cómo organizar de forma independiente su vida conyugal. Annette pasó varias horas llorando y un tanto confundida, respecto a su decisión impulsiva. Le pidió a su tía que no comentara nada a la familia, mientras tomaba una decisión definitiva. Su tía aceptó el derecho a la discreción, y pasaron dos semanas en las que ella estuvo meditando sobre qué hacer con su relación. Una tarde de jueves, cuando Annette regresó de trabajar, su tía le informó que Israel deseaba hablar con ella de forma seria. Le comentó que Israel le hablaría por teléfono, y que era mejor que ambos platicaran a solas sobre sus discordias.

Esa misma noche, Israel habló por teléfono un tanto serio. Le manifestó a Annette su enorme preocupación, y sus deseos de que regresara con él. Annette le explicó a él que estaba muy cansada de Laura y de su abuela, y que ya no tenía idea cómo apartarse de ellas. Le dijo que ella sabía que para él, era difícil dejar de verlas, pero que no estaba dispuesta a continuar bajo su dominación, ni bajo sus reglas. Israel le comentó que las cosas cambiarían, y que tratara de entender que tanto Laura como su abuela, siempre habían sido pedantes y groseras. Le pidió a Annette que no rompieran su relación, porque ella sabía el enorme cariño que él le tenía. Ella se sentía confundida, y le dijo a Israel que le daría la respuesta de su decisión al siguiente día. Para el siguiente día, Annette continuó con su rutina. Fue a la oficina como todos los días y mientras trabajaba, su decisión se confirmaba. No había logrado dormir casi nada, y cada que recordaba las humillaciones de Laura y de la abuela, se convencía de que sería inútil tratar de separarlas de Israel. Las dudas la aniquilaban, y cuando pensaba en el enorme cariño que le tenía a Israel y en todas las cosas bellas que había vivido junto a él, parecía convencerse de que era injusto terminar su relación, por culpa de dos mujeres cargadas de orgullo y abnegación.

Pero cuando intentaba comprenderlas, y entender sus actitudes altaneras, siempre terminaba pensando, que era realmente injusto por parte de Laura y de la abuela, comportarse con ella de forma tan grosera y soberbia. Conforme el día pasó en la oficina,

Annette se entretuvo con sus actividades por ciertos momentos, y sólo hasta la hora de la salida del trabajo, los pensamientos volvieron a aparecer severos. Cuando iba de camino a la casa de su tía, Annette estaba convencida de que nunca cambiaría, la situación de dominación e intromisión, por parte de Laura y de la abuela. Annette se preguntaba a si misma, cómo iba a ser posible que Israel, siendo tan dependiente y tan apegado a su familia, pudiera cambiar su modo de pensar. Laura lo dominaba, e Israel pocas veces se quejaba. Para Israel era muy difícil enfrentar a Laura y a su abuela, nunca podía contestarles de forma tajante y enérgica. Israel era muy pasivo, su carácter sumiso, lo volvía un hombre totalmente vulnerable a los caprichos de su madre. Annette parecía sentirse muy confundida, pero estaba segura de que su situación no cambiaría.

Cuando llegó Annette de la oficina a la casa de su tía, comenzaron a preparar la mesa para la cena. Mientras organizaban la cena, Annette le comentó a su tía, tratando de comportarse de manera fría, que su decisión de no regresar con Israel, era definitiva. En pocos minutos ya casi para sentarse a la mesa, tocaron suavemente la puerta. Annette miró por la virilla de la puerta, y se dio cuenta de que quien tocaba era Israel. Un tanto nerviosa, le dijo a su tía en voz baja que era él quien llegaba. La tía le hizo señas para que abriera la puerta y le pidió también, que tratara de platicar de forma tranquila y relajada. Luego le comentó su tía dirigiéndose a la recámara, que ella se saldría de la casa, mientras ambos platicaban. Annette abrió la puerta, e Israel saludó a ambas, mientras ésta salía de la recámara, para irse inmediatamente de su casa. Israel y Annette se quedaron solos y platicaron tratando de esclarecer los reclamos de Annette. Israel le expresó, que su decisión era ir por ella, para que regresara con él. Annette lloró y le expuso a Israel su enorme confusión y su temor, de que todo siguiera igual, o aún peor. Israel la abrazó y le pidió que no terminaran con su relación y que tratara de comprender que él la amaba y que su madre siempre había sido una mujer muy soberbia y maleducada.

Annette sentía profundamente la necesidad de estar al lado del hombre que le había dado seguridad, y que la había ayudado sin conocerla a profundidad. Tomó sus cosas y regresó a su vida matrimonial. La vida de Annette comenzó a marchar, y las imprudencias de Laura y de la abuela, parecían seguir igual. Pero había cierto cambió en Israel, que le daba a Annette cierta clase de alivio y conformidad. Israel comenzaba a discutir por teléfono con Laura, siempre de forma discreta, tratando de que Annette no se enterara, le reclamaba a su madre la forma tan insolente de comportarse. Annette trataba de no escuchar las pláticas, pero Israel comenzaba a desesperarse y las discusiones con su madre y con su abuela, subían de tono a cada instante. Annette sentía cierto alivio, reconocía que Israel había decidido imponerse a su madre y a su abuela. Aunque a veces le costaba trabajo ponerles un alto, de forma muy diplomática, les reclamaba acerca de sus actitudes groseras. Laura y la abuela parecían intentar frenarse más, pero sus intenciones de cambiar, eran sólo períodos de fingida generosidad. Cuando podían e Israel no las veía, de forma disimulada, volvían a sus técnicas mal educadas. Annette decidió tratar de ignorarlas más, y por un tiempo se esforzó por convivir con ellas, aunque con cierto recelo y cautela. Aunque Israel las confrontaba más, Laura y la abuela eran mujeres realmente tercas. Annette decidió evadirlas, y tratar de no participar más de sus reuniones y fiestas. Intentó de muchas maneras convencerlas, de que no era necesario pelear, pero para Laura y para la abuela, era imposible cambiar.

Cierto día, Annette le expresó a Israel que no iría más a la casa de Laura y de su abuela. Ellas no cambiaban, y Annette se sentía muy envenenada de rabia. Comenzó a enfermarse y la ira cada vez la atacaba más, y la perjudicaba. Israel aceptó la decisión, y al Igual que Annette, comenzó a frecuentar menos a Laura y a su abuela. Comenzaron entonces los reproches y los reclamos exagerados, por parte de Laura y de la abuela en contra de Israel. Ambas mujeres le reclamaban a Israel, por qué Annette había cambiado su forma de ser. La culpaban de haber ocasionado la desunión familiar y de haber sido la causante del desequilibrio en su hogar. Le expresaban a Israel que Annette no era para él. Le expresaban que era ordinaria y muy poco educada. Además, le expresaban que para ellas, era una mujer corriente y sin gracia. Luego, Laura le expresaba a Israel, que Annette era muy mal agradecida como mujer. Laura también le reclamaba a Israel, que de no ser por el dinero que ella les había prestado, ni él ni Annette, hubieran podido comprar un departamento tan rápido.

Para Israel era difícil no agradecer el favor que Laura les había hecho, para comprar el departamento. Era por ésta razón que a veces Israel, sentía la presión de obedecer y complacer a su madre, a pesar de sus atrevimientos y de sus alardes. Aunque el distanciamiento de Israel con Laura y su abuela, le dieron cierto alivio, había ocasiones en que sin querer, se volvían a ver. Esas ocasiones de convivencia forzada, Annette sentía la enorme rabia que le tenían Laura y la abuela, por haber convencido a Israel, de que se independizara de ellas. Aunque Laura y la abuela intentaban no reaccionar de forma molesta, siempre había detalles de descortesía severa. Annette sabía que la intromisión y la dominación por parte de Laura y de la abuela, habían bajado un poco su nivel. Cuando tenía que verles la cara intentaba ignorarlas, aunque la hacían montar en cólera con sus acciones hipócritas, Annette sabía que hasta cierto punto había ganado la batalla. No estaba dispuesta a perder a Israel, ni a quebrantar su tranquilidad matrimonial.

Annette comenzó entonces a recordar los días en los que había intentado cambiar. Comenzó a tomar nuevamente los libros para estudiar, y para tratar de mejorar. Ella sabía que había una forma de contraatacar, y que esa forma, era la más racional y la menos perjudicial. Quería demostrar a la familia de Israel, que no era la ignorante de antes, y que tenía un enorme potencial para educarse. En su trabajo comenzó a tomar algunos cursos que le permitieron avanzar, y desenvolverse en nuevas áreas, que la llevaban a tomar decisiones importantes. Su jefe era un hombre muy educado y cordial, y sabía que Annette, tenía un enorme potencial para destacar.

En su privacidad, cuando estaba sola en casa, siempre escribía lo que sentía y lo que la profundidad de su alma le transmitía:

NEGACIÓN...

Escuché el estruendo del Hades,

Donde las almas confundidas suplican,

Donde lo mortal se separa de la vida,

Donde los hechos y las astucias se dictaminan.

Yo que ofendí y apetecí el mal en vida, y que nunca mitigué
mis heridas,

¿Qué puedo hacer para honrar a mis víctimas?

El rencor ha tocado hasta mi última célula,

Y mi cuerpo se ha estremecido y ha sufrido mis intrigas
y mis soberbias.

Tengo el odio, la culpa, la avaricia, la envidia, la hipocresía,

Todo me golpea, me incita, me aventaja, me susurra,

Surgen olas de tormentos, de rencores, de culpas,

Surgen dudas, surgen deseos, surgen preguntas.

He ofendido y he sido ofendido,

He señalado y he sido juzgado,
El dolor ha atravesado mi pecho,
Que me liberen de sus garras los feroces Dioses,
Los inmortales, los perfectos.

Mi paso por el Estigia deja a mi sombra temerosa,
Si bebo del Leteo mis memorias desaparecen,
En el Aqueronte surgen mis aflicciones,
Y en el Cocito y el Flegetonte mi alma se encoge.

Caronte me instigará y me guiará,
Hasta dejarme en la orilla del Aqueronte,
Donde me posaré ante la rabia de Cerbero,
Que es el guardián de los infiernos.

¿Hacia dónde dirijo mis tormentos?
¿A quién le suplico que me muestre el camino perfecto?
¿Quién me enseñará cómo corregir mis pasos y mis vestigios?
¿Quién me hará renacer sin errores y sin tropiezos?

Debo luchar contra las bestias que me quiere engañar,
Todas quieren devorarme, chantajearme, horrorizarme,
Me susurran, me llaman débil, despreciable, cobarde,
Debo luchar hasta en el paso hacia mi muerte, y liberarme
de la astucia de los que no temen.

¡Oh Hermes ten piedad de mis pasos inertes!
No me permitas entrar en el Érebo,
Permíteme corregir mis fracasos, mis deudas, mis rechazos,
Dame la primicia de entrar a los Elíseos, y sentir
la libertad de los buenos hijos.

ANNETTE

Una mañana de sábado, mientras Annette llegaba de visitar a su madre, sonó el teléfono de su recámara. Israel estaba aún acostado descansando, ella levantó la bocina de inmediato. Cuando Annette contestó, escuchó la voz de su cuñada un tanto desesperada. La hermana de Israel estaba un tanto molesta, por la situación del distanciamiento de su hermano con su madre y con su abuela. Aunque un tanto reservada, pero internamente enojada, trataba de disimular su malestar. Era una mujer que sabía fingir su repulsión y su desaprobación. Annette sentía la enorme hipocresía, y el enorme esfuerzo que los familiares de Israel hacían. Annette no era del agrado de ninguno de los hermanos de Israel, pero éstos intentaban aceptar su relación, aunque con mucha indignación. Esa mañana, Annette le preguntó a su cuñada qué era lo que pasaba. Su cuñada le contestó un tanto agitada, que su abuela estaba muriendo y que Laura estaba sola y muy conmocionada. Annette le expresó a su cuñada que no se preocupara, porque ella e Israel, iban a salir de inmediato a la casa de la abuela para apoyar a Laura. Israel escuchó la plática acelerada e inmediatamente le preguntó a Annette en cuanto colgó el teléfono con su hermana, si las cosas estaban mal con su abuela o con Laura. Ella le expresó a Israel, que su abuela estaba muriendo y que se apresurara para salir corriendo. La abuela ya tenía noventa años de edad.

A pesar de su edad avanzada, la abuela era una mujer muy fuerte y tenía mucho carácter para molestar. Sufrió una caída que le lesionó la cadera, al punto de no dejarla casi caminar. Pero la abuela tenía una constitución muy recia y se negaba a dejarse atacar por la enfermedad. Tras varios meses intentando reincorporarse, la edad la fue dejando cada vez más débil, hasta impedirle levantarse de la cama, para hacer sus necesidades básicas. Los últimos días de su vida, la abuela estuvo prácticamente inmovilizada. Laura la cuidaba y la atendía. Cuando a veces Annette iba por necesidad a la casa de la abuela, ésta se encontraba casi siempre sentada en el sillón de la sala viendo el televisor. Para caminar necesitaba ayuda, ya no tenía fuerzas para moverse de la sala a su recámara. Aunque la abuela estaba enferma, y su cara pálida la hacía verse muy demacrada, nunca dejó de mirar a Annette con desprecio y desdén. Era increíble el orgullo y la soberbia de esa mujer.

En cuanto llegaron a la casa de la abuela, Laura estaba llorando cuando abrió la puerta. El doctor que revisaba a la abuela venía saliendo de la recámara de ésta. El doctor le dio una palmada en la espalda a Israel, en señal de condolencia e inmediatamente salió de la casa de la abuela. Cuando ellos entraron a la recámara de la abuela, ésta yacía en su cama, con una pañoleta sujetada de la barbilla a la cabeza. Laura lloraba y un tanto nerviosa, caminaba de un lugar a otro desconsolada. Israel comenzó a escuchar a través del pecho de su abuela, para intentar asegurarse, de que ésta no respiraba. Le tomaba las manos, y le acariciaba la cabeza, como tratando de interactuar con ella. Annette le preguntó a Israel, si el corazón de su abuela no latía más. Israel le contestó que ya estaba muerta y comenzó a hablarle a su abuela al oído, expresándole que estuviera tranquila, y que todo marcharía bien durante su ausencia. Annette mirando a la abuela, sentía conmoción y tristeza. Luego, parecía atravesar por su cabeza, cierta compasión e incomprensión por parte de ella. La abuela estaba serena, y su apariencia era una especie de inmovilidad recia. Su rostro en pose de estar dormido, lucía sin gesto ni delirio. Annette sentía mucha tristeza de que ella y la infeliz abuela, no hubieran logrado nunca dejar sus diferencias. Israel estuvo un largo rato junto a su abuela acariciándole la cabeza. Annette sólo la veía y se preguntaba, qué necesitaba una mujer como ella, para suprimir sus rabias y sus dolencias. La abuela inerte parecía estar pasiva y no necesitar más de su arbitrariedad. Se había marchado, y su cuerpo cubierto comenzaba a ponerse frío, y cada vez más pálido. De su pecho salía una especie de ronquido suave y fluido. Annette se preguntaba, si la abuela aún la miraba y la odiaba. Laura parecía desconsolada y muy alterada. Israel salió de la recámara de la abuela, para comenzar a organizar las cosas que se necesitaban para preparar el funeral. Annette se quedó por un instante con la abuela, la miró con detención y luego se preguntó, si esa pobre mujer desposeída de su vida, era quién tanto la odiaba y quien tanto la afligía. Annette sintió cierta indignación y cierto dolor, tratando de comprender la simplicidad y la vulnerabilidad de todo ser. Con algunas lágrimas y cierta tristeza por reconocer, que la muerte despoja de toda arbitrariedad y de toda discordia, salió Annette de la recámara de la abuela, para ayudar a Laura y a Israel.

Pocos minutos después llegó la hermana de Israel, un tanto conmocionada y muy ajetreada. Inmediatamente pasó a la recámara de la abuela para verla, y para cerciorarse de que en realidad estaba muerta. Nuevamente Israel y Laura se reunieron en la recámara de la abuela. La hermana de Israel parecía confundida, y expresaba dudosa, si estaban seguros de que la abuela ya estaba muerta. Israel le explicaba a su hermana, que el doctor ya había examinado perfectamente el cuerpo de la abuela. Durante varios minutos estuvieron juntos en la recámara y platicaban mientras se consolaban. Annette permaneció en la sala, y comenzó a llamar a las agencias funerarias, para investigar el costo del velorio. Hizo varias llamadas y cuando Laura salía de la recámara de la abuela, Annette le informaba los precios y los servicios, que cada funeraria prestaba. Laura salía y entraba de una a otra recámara. Cuando se sentía un tanto calmada, llamaba por teléfono a sus familiares más cercanos, para darles la noticia del deceso de la abuela. Entre sollozos y llantos llenos de desconsuelo, Laura hizo varias llamadas telefónicas, para tratar de reunir a sus parientes para el velorio y para el sepelio. Aún no estaba decidido a qué funeraria se llevaría el cuerpo de la abuela. Laura y la abuela tenían una especie de servicio funerario barato, que les era proporcionado, por la entidad gubernamental que les pagaba a aquellos jubilados, quienes habían trabajado para dependencias burócratas, durante cierto número de años. La abuela contaba con el descuento funerario, por ser la beneficiaria de la pensión, que su esposo le había dejado cuando murió.

Aunque Laura parecía querer saber precios de funerarias, más reconocidas y mejor ubicadas, muy en el fondo no tenía ninguna intención, de gastar en algo tan costoso. Laura sabia ahorrar y escatimar, hasta en la muerte de su mamá. El lugar donde se encontraban las funerarias baratas, era un lugar ubicado en una zona popular, que tenía fama de ser peligrosa y muy ordinaria. En ese momento a Laura no le importaba la pompa y no tenía intenciones aún de avisar a sus amigas de sociedad, sobre el deceso de su mamá. El hermano de Laura también decidió que el funeral se hiciera en el servicio que les proporcionaba el gobierno. Al parecer, él era quién pagaría por el funeral y Laura no discutió ni protestó por la decisión final. Laura decidió entonces llevar el cuerpo de su madre a la funeraria popular, que contrastaba con su soberbia exagerada y con su supuesta pose social.

El hermano de Israel ayudo a organizar el sepelio. El y su hermano acompañaron al hermano de Laura, para presentar los documentos en el mausoleo. Luego, el hermano de Israel se retiró para su casa, porque tenía organizada su fiesta de cumpleaños y no tenía intenciones de cancelarla.

Después de varias horas esperando que el médico hiciera el reporte del deceso, por fin pudieron recoger el cuerpo de la abuela. En un principio, el reporte médico no pudo hacerlo el mismo doctor que había examinado a la abuela, porque a Laura le pareció caro el precio que éste le dio. Trató de buscar un precio más económico que le permitiera ahorrar, pero finalmente, no tuvo más remedio que contratar al mismo médico. La abuela murió un día sábado y no encontraron a ningún médico más barato, que pudiera trabajar en días de descanso. Al final, el cuerpo de la abuela fue recogido para el servicio funeral, después de casi siete horas de haber fallecido. Cuando el cuerpo estuvo colocado en la capilla funeraria, algunos familiares cercanos de Laura y de la abuela, ya estaban esperando a Laura para ofrecerle sus condolencias. A los pocos minutos llegó la hermana de Laura con su familia, para unirse a la tragedia. Después del intercambio de palabras, las condolencias y las preguntas comunes sobre las circunstancias en las que había muerto la abuela, la mayoría de los asistentes se retiró y sólo algunos de ellos acompañaron a Laura, al siguiente día para el entierro.

En el funeral, quedaron sólo Laura y su hija, el hermano de Laura, Israel y Annette. La funeraria tenía varias capillas y al parecer ese día, todas las salas funerarias estaban llenas. Afuera se escuchaba el murmullo de la gente que se encontraba en las capillas alternas. Después de dos horas de platicar y de contemplar a la abuela muerta, Laura expresó que quizás era mejor retirarse a su casa y regresar a la siguiente mañana. Annette le expresó a Israel que no se sentía cómoda dejando a la abuela sola. Israel le comentó a su mamá, que él y Annette se quedarían en la capilla. Entonces Laura expresó que siendo así, ella también se quedaría. A los pocos minutos, Laura se quejó de dolor de cabeza y comentó que quería descansar en el sillón. Cerró la puerta de la capilla y apagó las luces, acomodándose en el sillón, con un suéter que uso para cubrir su rostro. El hermano de Laura decidió salirse para ir a descansar a su camioneta, que había dejado estacionada en alguna calle cercana a la funeraria. La hermana de Israel también se recostó en la sala. Israel y Annette se quedaron sentados con las luces apagadas, viendo el féretro de la abuela. Sólo quedaron encendidas las velas eléctricas, que se habían colocado en cada esquina del ataúd.

Para Annette era extraño ver a Laura y a su familia, tan indiferente y tan fría. Annette estaba acostumbrada a servicios funerarios, llenos de asistentes montando guardias. Los servicios fúnebres que Annette conocía, eran dedicados para acompañar a los familiares del difunto y para velar el cuerpo hasta el día del sepelio. Mientras estaba sentada, y recargaba su cabeza en el hombro de Israel, Annette se preguntaba si tenía algún significado, estar reposando junto a la abuela muerta. Annette no tenía ninguna intención de quedarse dormida. Ni siquiera se sentía tranquila, en una sala por demás olorosa y muy incómoda. La noche pasó, Annette e Israel salían por ratos de la capilla, para respirar un poco de aire en la calle. Cuando la luz del día se presentó, comenzaron a llegar poco a poco los familiares de Laura, para participar en la misa funeraria, que ofrecían los padres de la capilla.

El hermano de Israel llegó con su familia y con su suegra. La suegra del hermano de Israel, le pidió a Annette que la acompañara a tomar algo. Annette estaba exhausta, y un tanto ensimismada. Quería tomar aire fresco, y desprenderse por un rato de la capilla funeraria. Annette acompañó a la suegra del hermano de Israel a tomar un café. Cuando regresaron a la capilla, ya había varios familiares de Laura esperando por la misa. Annette saludó a los familiares cercanos de Laura, con los que su relación no era tan áspera. La misa concluyó y el maratón del sepelio prosiguió. El cuerpo de la abuela fue enterrado en una capilla familiar, que Laura y sus hijos habían heredado, por parte del hermano de su papá. Era una capilla familiar, ubicada en un cementerio popular. Para el sepelio de la abuela, asistieron sólo los familiares más cercanos de Laura y de ésta. Todo pasó de forma rápida, y la colocación del féretro de la abuela en el nicho familiar, ocurrió sin mucha aglomeración, ni mucha consternación. Una vez que la puerta del nicho se cerró, todos los condolientes se despidieron. Annette e Israel, se fueron inmediatamente a su departamento.

Al día siguiente Annette escribió sobre la muerte, y sobre la vulnerabilidad de la vida.

TRISTE

Triste es cuando se parte,
Cuando llega el instante de separarse,
Cuando el tiempo pretende consumarte,
Cuando el sol y el fuego dejan de entibiarte.

Triste es cuando tus huesos son frágiles,
Cuando tu piel añosa cuelga,
Cuando tus manos tiemblan,
Cuando tu lucidez se desorienta.

Triste es cuando tu carne se fermenta,
Cuando tus pasos se sosiegan,
Cuando tu sonrisa se vuelve negra,
Cuando tus ojos se menguan.

Triste es cuando tus fuerzas se alejan,
Cuando tu paladar se niega a saborear,
Cuando tus ganas se niegan a luchar,
Cuando tus órganos se quejan.

Eso es triste hijo mío… Mi camino finaliza,
Pero el tuyo comienza…

Ahora tienes la fortaleza para continuar,
La ilusión de planear y calcular,
La belleza de sentir el sol y su tibieza.

Ahora tienes lo que yo anhelo…

La solidez de tus huesos para andar,
La firmeza de tu piel asentada en su lugar,
La armonía de tus manos cuando se expresan,
La sensatez para regular y para argumentar.

Ahora tienes lo que más apreciaría en un segundo
más de vida…

La suavidad de tu corteza,
La habilidad de caminar con seguridad,
La sonrisa sana y delicada,
La mirada firme y orientada.

Ahora tienes lo que a mí me niega la senilidad…

La grandeza de despertar con fuerzas,
La sutileza de catar lo que te alimenta,

ANNETTE

La fuerza y el ímpetu para vencer tus perezas,
La salud de tus vísceras y de tu vestimenta.

Ahora es tu turno hijo mío,
La sintonía de tu vida comienza,
Y es mi camino construido, lo único que puedo agregar a tu
experiencia...

Cuando la abuela murió, Laura experimentó días de soledad y lamento. Su madre había sido para ella un apoyo incondi-
cional, que la acompañó y la soportó cuando Laura se divorció.
Habían vivido juntas por mucho tiempo, y aunque sus soberbias
parecían mantenerlas en el equilibrio perfecto, ambas sabían sus
realidades, y sus momentos frágiles. Laura lloraba mucho, e Israel comenzó a acercarse a ella de nuevo. Israel sabía que Laura
estaba muy desconsolada y que aunque sus hermanos trataban de
estar con ella más tiempo, era muy difícil para ellos dedicarse a su
madre, sin antes jerarquizar su dedicación fraternal. Sus hermanos estaban muy ocupados, y sus familias requerían el mayor de
los cuidados. Laura ocupaba el segundo o el tercer lugar, en sus
planes familiares. Primero estaban sus hijos, luego sus empleos y
divertimentos y por último su madre.

Laura amaba a Israel, y su amor aunque un tanto necio y
egocéntrico, era de sus cariños predilectos. Annette representaba
un estorbo para Laura, pero sabía que de sus tres hijos, Israel era
el más noble, el más fiel y el más comprometido. Aunque el distanciamiento entre Laura e Israel, había provocado desilusiones y
desengaños, Laura sabía que contaba mucho más con Israel, que
con sus otros dos hijos, ataviados de ocupaciones y compromi-
sos vanos.

Israel y Annette decidieron acceder un poco para apoyar a Laura en su dolor. Comenzaron a frecuentar a Laura algunos fines de semana. Laura comenzó entonces la preparación, para salirse de la casa de su madre, y regresar a vivir a su casa. Comenzó a vender las pertenencias de la abuela, e hizo una especie de bazar, donde puso precios a todos sus enseres y artículos domésticos. Las vecinas compraron varios de ellos, y otros más, decidió venderlos con los familiares más cercanos, que estuvieron dispuestos a pagarle, por los artículos tanto nuevos como usados. Laura no perdonaba perder un sólo céntimo y nunca dejó de proteger su economía, ni su dinero. Era muy buena para ahorrar y para administrar cada peso.

Cuando Laura comenzó a recuperarse de la muerte de su mamá, parecía más amistosa y pasiva que antes. Annette tenía la intención de aceptarla y tratar de olvidar sus groserías y sus desplantes, pero le resultaba difícil desprenderse de todos los detalles humillantes, que la habían hecho llenarse de rabia y coraje. Al paso del tiempo, Laura comenzó a sentirse segura nuevamente, y sus intenciones de cambiar con Annette, volvieron a quebrantarse. Volvían los desaires y los detalles groseros, en cada oportunidad que Laura sentía indignación y desprecio. Laura no olvidaba que su hijo se había apartado de ella y de la abuela y era algo que no podía perdonarle a Annette de ninguna manera. Sus actitudes altaneras no desaparecieron y su orgullo parecía acrecentarse de nuevo. Annette siempre sentía las miradas hipócritas de Laura, las críticas mal intencionadas que ésta le hacía cada que se encontraban. Israel nuevamente trataba de controlar a Laura, y sus imprudencias y palabras poco adecuadas siempre afloraban, cuando Annette menos lo esperaba. Nuevamente Annette comenzaba a sentir el desprecio y la rabia. Sus esperanzas de que Laura cambiara, parecían ser ilusiones mal enfocadas. Laura seguía siendo la misma. Una mujer colmada de autoindulgencia y mezquindad severa. Una mujer orgullosa y fanfarrona, con sentimientos profundos de soberbia. Israel se daba cuenta de que Laura volvía a comportarse de manera altanera y grotesca, pero le resultaba difícil, hacer que su madre entendiera. Annette se preguntaba, si valía la pena tratar de mejorar una relación por demás desgastada y además muy condicionada. Ella escribía sin parar, tratando de aliviar sus sentimientos de enemistad y rivalidad.

LIBERTAD...

He conocido parte de la felicidad,
Esa felicidad efímera que fortalece,
Pero que a la vez hiere y enceguece.

He logrado palpar la bondad,
Esa bondad que me ha permitido la introspección,
Y que me ha enseñado las virtudes de la compasión.

He discutido y he hablado de más,
He emitido juicios severos y grotescos,
Me he dejado arrastrar por la pasión,
Y he renunciado a la grandeza de la razón.

Tropiezo a pasos lentos, luego pretendo despegar de nuevo,
Dilucido las causas, los motivos, los hechos,
Entre el medio confluyo y me detengo.
Sospecho que he dejado de alimentar a mi lucidez,
Y entonces, flotan en mí los miedos, las incertidumbres,
los lamentos,

Sucumben en mi ser las iras, las decepciones,
los simples remedios.

El amor y la libertad seducen a mi soledad,
Conozco la anestesia del amor y su subordinación,
Me oprime el encierro de su dedicación, de su cultivo,
de su tiempo.

Luego aflora mi sed de merecer y de necesitar,
Pero cuestiono si vale la pena privar a mi libertad,
Esa libertad que me confunde y me limita a actuar,
Esa libertad que no es fácil ni total.

Busco entre la verdad y la mentira,
Y el despertar de la hipocresía me asfixia,
Reconozco mi incapacidad, mi periferia, mi desdicha.

Quiero y deseo el amor y la justicia,
Más mi amor es condicionado y limita,
Mi exigencia y mi pasión ponen fin a mi intención,
Ya que entiendo que la justicia, requiere dolor y expiación.
Ruedo entre el sí y el no, entre lo falso y lo verdadero,
Entre la equidad y la malicia.
El río de la vida tiene proporciones infinitas,
Su fragilidad es inaudita, su atracción es ilusionista.

ANNETTE

Me retiro y a paso firme camino sin miedo,
No soy de aquí ni de allá, no esquivo, no pretendo,
No estoy atada a la pompa ni al sosiego,
No debo a nadie ni a nada, la explicación de mi criterio.

Estoy para vivir, y mi vida tiene un alto precio,
El precio del conocimiento y del discernimiento,
El precio de la soledad, de la disparidad, del destierro.

ASCETA

Estando en el punto medio del equilibrio perfecto,
He atravesado mi vida por diferentes terrenos,
Entre el cielo y la tierra existe un firmamento,
Una distancia que parece pertenecerse,
Pero que a mis ojos se disocia en su sabiduría indeleble.

El que alcanza ambos puntos de referencia, es el que logra
asir su esencia.
El cielo parece estar de mi lado, cuando me muestra lo bello,
Lo divino, lo eterno,
La tierra me da la noción de ser lo perverso, lo profundo,
La oposición,
Ambos me alimentan, y me muestran su majestuosidad
y su simpleza.

El universo me inspira, cuando trato de comprenderme
a mí misma,
Su marcha parece eterna, y mi vida transcurre a través
de su armonía,
Su paso es lento, acelerado, suave, grotesco, soberano,
La finitud de mi existencia parece no inquietarlo
ni perturbarlo.

El océano parece moverse, y nunca terminar con su
danza pendular,
Las arenas desérticas vienen y van, y sus dunas se destrozan,
Luego se juntan y se acomodan en su estructura eufónica,
Cada ingrediente de la masa universal, parece integrado
de forma única y milagrosa.

He ido y venido a lugares distintos,
La sintonía de la vida, me ha posado en notas graves y agudas,
En sonidos fuertes y delicados,
He caminado por el cielo, cuando logro armonizar mis delirios,
He caminado por el inframundo, cuando me siento
desolado y confuso,
He sentido el dolor atravesar mi corazón, y absorberme
en su desazón.

He luchado con el ámbito humano oscuro y despiadado,
He visto la luz, de aquel que expresa la alegría y el gozo de
ser,

ANNETTE

He llorado por el disparo del soldado, cuando este
me ha acribillado,
He gozado por la simpleza y la sencillez, del bondadoso
y del cándido.

He vivido, he reído, y he llorado,
Me he revelado y he sido subordinado,
Mi espada se ha desenvainado, cuando la injusticia
me aturde demasiado,
Mi humanidad desprecia al feroz, al avaro, al despiadado.

La soledad me permite ejercer mi libertad,
La creación majestuosa me exige honor a su dignidad,
Mi humanidad azarosa y venturosa, me permite el bien
y el mal,
La sabiduría de la creación, se posa majestuosa ante
mi frustración.

El dolor del foráneo desaira a mis desganos, y debilita
mis fútiles reclamos.
Me pregunto quién he sido, para exigir lo que yo misma
no he proporcionado,
Me poso firme y me seduce el polvo del encanto,
Las minucias de felicidad me inspiran tropiezos,
delirios, arrebatos,
La cautela y la razón, detienen mis desvaríos y

mis entusiasmos,

Me posan en el camino medio, y me muestran su contrapeso.

Annette sentía una especie de antipatía profunda hacia Laura. Algunos miembros de la familia de Laura, intentaban comprender la situación tan incómoda, por la que atravesaba. Annette tenía conocimiento de que Laura y la abuela habían sido siempre mujeres muy groseras y altaneras. Familiares de Laura, que no estaban muy de acuerdo con sus acciones grotescas, le comentaban a Annette, la cantidad de desprecios y quejas, que Laura y la abuela habían hecho en contra de ella. Laura había hecho una especie de agujero en los sentimientos de Annette. Aunque intentaba no resentirse con ella, le era difícil permanecer serena, y no sentirse humillada o subestimada. Annette e Israel comenzaron nuevamente a poner ciertos límites para visitar a Laura. Si había necesidad de verla, Laura nunca dejaba de dirigirse a Annette, de forma irrespetuosa y violenta.

Anette decidió entonces no gastar más energías, intentando agradar a Laura y a su familia. Su trabajo requería de mucha dedicación, y decidió trabajar como voluntaria los fines de semana. Se registró en una asociación de personas minusválidas. Comenzó a relacionarse con personas enfermas, y sumamente desesperadas y olvidadas. Organizó recolectas para donaciones, con sus amigos y compañeros de trabajo y su vida comenzó a adquirir una sensación de serenidad y paz mental. En su trabajo como voluntaria vivió experiencias muy tristes, que le permitieron hacer un conteo de lo que ella definía, como momentos de escasa alegría. Su relación de hostilidad con Laura, parecía tomar una nueva perspectiva. Annette comprendió que su dolor de injusticia, no era tan severo como ella creía. Cuando encontraba personas enfermas y hundidas en la miseria absoluta, siempre recordaba su niñez llena de escasez.

Annette parecía regresar a su infancia, y a sus días colmados de violencia y desesperanza. Escuchaba historias desoladoras de padres abusivos, de niños profundamente abandonados y heridos. Eso hacía que Annette, digiriera su amargura de forma menos fatalista y oscura. Annette recordaba sus días de infancia, y el tiempo parecía regresarla a su casa de niña, y posarla en una realidad, que la incitaba a dejar de hacerse la víctima.

Annette escribía:

PADRE

Tú que fuiste mi procreador y el perturbador de mis años dulces,

Lanzaste en la hoguera del desprecio mis ilusiones y mis aprecios,

Opacaste mi entendimiento y subyugaste mis argumentos,

Tu marcada autoridad vil y brutal, me enseñó a soportar tu hombría descomunal.

En tu ego posaste tu virilidad y tu capacidad de herir y de violentar,

Tu razón y la mía fueron engañosas y ambos emitimos juicios y delirios,

Consolaste mis demencias, cuando la muerte te arrebató de la tierra,

Disipaste mis angustias y alimentaste mis clemencias,

Luego llegó a mi ser, la capacidad de discernir y de reconocer,

Encontré cierta lógica en tus heridas y en mis derrotas,

Tu crueldad avivó mis debilidades y mis temores frágiles,

*Me encontré en el camino justo, donde me posé en las contrarie-
dades.*

No he golpeado ni herido con puño,

*No he dicho palabras que subyuguen el espíritu ajeno en lo
profundo,*

*Pero reconozco en mi ser, la enorme capacidad de herir y de
maldecir,*

Reconozco que bajo mi cobijo de individuo sereno y objetivo,

Existe en mí, una enorme ansiedad de odiar y de vengar.

Aunque mis venganzas suelen no llegar a su etapa final,

Mi humanidad salvaje y desquiciada crece de la nada,

Doy rienda suelta a mis estacadas perversas y malvadas,

*Padre, no soy tan diferente a ti y sufro de las mismas incon-
gruencias y fallas.*

El padre de Annette había sido un hombre de vicios y delirios. Ella recordaba a su madre e intentaba entender su incapacidad de defenderse y de valorarse. Recordaba a su hermana siempre tan callada, atestiguando los problemas y las violencias de su
casa. Annette parecía a veces consternada y sentía una especie de
cólera arraigada. Su relación con Israel, le había dado a su vida
ajetreada y ordinaria, un escape hacia una nueva salida, que parecía mucho menos conflictiva. Laura le ofrecía un nuevo reto y un
nuevo atajo, que parecía desesperante e intolerante. Pero Annette
comenzaba a creer, que su vida se movía en direcciones fluctuan-
tes, que le daban la oportunidad de aprender y de tolerar. Eso la

incitaba para intentar no sentirse tan agraviada, y para revaluar sus prejuicios, y sus acciones cargadas de moralidades falsas.

Annette siempre gustaba de imaginar y de viajar, a lugares donde sólo soñando, parecían posarla en ambientes que alimentaban su vida y su alma.

Así escribió:

SUEÑO

Entre el sueño y la vigilia, he viajado a un mundo regio,
Estrellas luminosas adornan el garzo cielo,
El espacio infinito reposa sonoro y sereno,
El tiempo de mi entumecimiento parece majestuoso y etéreo.

Escucho voces que susurran con delicadeza,
Mencionan mi nombre y la suavidad de sus cantos me embelesa,
Sus expresiones uniformes armonizan con su belleza,
La serenidad de sus movimientos convive con mi naturaleza.

Mi cuerpo parece flotar en su ligereza,
Mi piel se torna blanca y seráfica,
Mis pies son suaves y no tienen más impurezas,
Mi cabello acaricia el viento, y se balancea con delicadeza.

Con cada movimiento siento el reposo del universo,
Un sutil halo protege y acoge a mi cuerpo,
Siento la materia y la vacuidad de lo eterno,
Mis pasos parecen pisar un firmamento suave sin terreno.

Mi reposo en este mundo es el más perfecto,

Pareciera que me fundo en la majestuosidad de lo placentero,

Mi quietud imperturbable, tiene a mi alma en sosiego,

Mi espíritu busca entretenerse, para no volver al mundo perverso.

Quiero permanecer aquí, donde no hay sufrir ni lamento,

Quiero existir, donde no hay sombra humillante ni ruido grotesco,

Quiero caminar, donde las voces entonan sólo canciones,

Donde las notas susurran a mi oído, sin perturbar mis sentidos,

Quiero posarme en este mundo, donde mis imperfecciones han desaparecido,

Quiero abrazar este espacio, que llena mi espíritu de amor y de equilibrio.

Annette encontraba en su trabajo como voluntaria, muchas experiencias que le daban la oportunidad, de mantenerse distraída y ocupada. En su trabajo como secretaria, las cosas marchaban bien y sus actividades requerían de mucha dedicación y concentración. Su jefe era un hombre con mucha disciplina y liderazgo. Siempre le daba a Annette, nuevas tareas y retos, que le permitían aprender y crecer. Annette se sentía muy contenta en su empleo, y disfrutaba de sus actividades, y de sus proyectos. Su ambiente de trabajo era comúnmente pacifico, y con mucho dinamismo. Su desenvolvimiento como secretaria eficiente y activa, hacía que algunas personas de su oficina, tomaran actitudes un tanto repulsivas. Annette tenía una enorme incapacidad para enfrentar a Laura. La misma incapacidad que había tenido, para confrontar a la difunta abuela de Israel. Pero en su oficina, Annette era poco consecuente, y a veces actuaba de forma agresiva e impaciente. Su jefe la apoyaba, y le confiaba actividades serias, que requerían de mucha dedicación y constancia. Annette sabía trabajar, y nunca encontraba barreras para desempeñar nuevas tareas. Aunque a veces debía tolerar algunas imprudencias, o comentarios cargados de juicios grotescos, e intenciones de subestimación y humillación, Annette intentaba hacer caso omiso de las palabras de sus adversarios, o de sus compañeros de trabajo, que se comportaban celosos y mal intencionados. Ella tenía mucha seguridad y capacidad para continuar desempeñando su trabajo, a pesar de algunos altibajos. A veces se frustraba y se sentía atacada, pero siempre trataba de pasar por buen general y no permitir que sus agresores la debilitaran. No tenía la misma seguridad para confrontar a Laura, pero Annette misma no entendía su falta de carácter, ni su enorme debilidad, para hacerse respetar con la familia de Israel que tanto la maltrataba.

Annette tenía un compañero de trabajo, con el que siempre platicaba y parecían tener similitud de ideas y circunstancias. Se llamaba Edgardo y estaba casado. Tenía dos hijos, quienes eran su pasión y su delirio. Edgardo era un hombre que había crecido en una familia con muchas limitaciones y carencias. Al igual que Annette, Edgardo había sido obligado a trabajar desde pequeño y el hogar de su infancia, había sido muy inestable y con muchas incertidumbres y problemas familiares.

Edgardo se había casado con una mujer, que físicamente era muy diferente a él. Edgardo era de piel oscura, flaco exagerado, nariz grande, y con la punta hacia abajo. Su falta de gracia había ocasionado en él, muchos prejuicios y sentimientos encontrados. Su esposa era blanca, de pelo rubio y nariz perfilada. Era una mujer muy bella para Edgardo y él tenía un sentimiento muy extraño, de desolación e intimidación. Edgardo le contaba a Annette, que su esposa recibía comentarios respecto al físico de Edgardo. Su hija mayor, que apenas tenía diez años de edad, comenzaba a sentir los estragos de la decepción, y del fisgoneo arbitrario. Edgardo sufría porque su hija le expresaba, que se avergonzaba de él y que sus amigos le hacían burla, por tener un papá tan ordinario. Su hija al igual que su esposa, era bonita y rubia. Edgardo era un hombre con un corazón profundamente noble. Siempre estaba dispuesto a ayudar y a dedicar su tiempo, cuando alguien requería o no su ayuda. Siempre se ofrecía para compartir su tiempo y sus conocimientos. Edgardo trabajaba como encargado del área de sistemas.

Era un hombre muy servicial, y con mucho dinamismo y constancia para trabajar. Era un trabajador especial y muy entregado. Annette siempre necesitaba de su ayuda, y Edgardo era profundamente dedicado y responsable, en todas sus actividades. Edgardo y Annette parecían tener una especie de compatibilidad que los unía, y que les permitía convivir con mucha familiaridad. Ambos se apoyaban y se cuidaban, de los adversarios de trabajo y de los enemigos ocultos y disfrazados. Su relación amistosa era sincera y sus bromas y travesuras de compañeros de trabajo, les daban la oportunidad de reír y de compartir, sus sarcasmos y sus arrebatos.

Israel conocía a Edgardo y sabía por parte de Annette, que Edgardo era una persona muy noble y seria. Annette sentía una profunda estimación por Edgardo y ambos parecían expresarse sus sentimientos de aprecio, y apoyo solidario. Un día lunes, Annette llegó como siempre a trabajar a su oficina. Ese día Edgardo no había llegado, porque el fin de semana lo había tomado para ir a visitar a sus padres, que vivían en una ciudad un tanto apartada, de su residencia. El había viajado a la ciudad de sus padres un viernes por la noche, después de salir del trabajo. Todo mundo esperaba que el encargado de sistemas, llegara el lunes a la oficina temprano. Edgardo se encargaba de activar el servidor de la oficina para que todos los empleados comenzaran su día de trabajo. Ese día lunes, Edgardo ya había tardado en llegar y Annette se preguntaba, qué había pasado. Sentada en su lugar, tratando de organizar las actividades del día, una compañera de trabajo se acercó a Annette y le expresó que no tenía idea de lo que había pasado. Annette le preguntó qué era lo que pasaba y su compañera le comentó que al parecer, Edgardo había tenido un accidente de tráfico y había perdido la vida, junto con su familia. Annette sintió una enorme conmoción y su cuerpo se debilitó. Se sentó tratando de asimilar la noticia, pero su sangre parecía enfriarse y la sorpresa le nubló la cabeza.

Tratando de tranquilizarse, respiró profundo y se dirigió al área de recursos humanos, para investigar qué había pasado en realidad. Nadie en la oficina parecía tener la seguridad, de si toda la familia de Edgardo, había perdido la vida en el accidente de tráfico. Las especulaciones y comentarios iban y venían, pero existía mucha confusión y conmoción. Por la tarde, el informe real había llegado a la oficina. Edgardo había chocado con un trailer, a escasos veinte minutos antes de llegar a la casa de sus padres. Edgardo había viajado por ocho horas sin parar. El sueño y el cansancio, lo habían hecho dormitar. Habían fallecido él y su esposa, su hija estaba en estado de coma, sin muchas esperanzas de vivir. El estado de salud de su hija, era negativo y muy devastador. Si la niña vivía, su cerebro no funcionaría. Eso causó mucha conmoción y alegatos vanos en la oficina. Annette se sumió en la tristeza y un profundo sentimiento de dolor la opacó. Cuando le contó a Israel lo que había pasado con Edgardo, Annette se soltó a llorar, casi sin poder respirar. Israel la abrazó y la consoló, expresándole que Edgardo, había sido en realidad un buen ser humano. Israel lamentó mucho la muerte de Edgardo y compartió con Annette sus condolencias.

Una semana después del accidente, la hija de Edgardo también falleció. Annette sintió cierta conmoción, pero a la vez cierto alivio, porque sabía el amor que Edgardo le había tenido a sus hijos. Annette era la única persona en la oficina con la que Edgardo había compartido momentos muy íntimos de su familia. El lugar que Edgardo ocupaba como área de trabajo, estaba frente al escritorio de Annette. Ella observaba cuando Edgardo estaba cansado por las largas horas de trabajo y se mecía en su silla de un modo travieso, como si se tratase de un niño pequeño. La silla casi se rompía, pero Edgardo disfrutaba de balancearse en ella, y luego sujetarse del escritorio, cuando sentía que se caía. Annette imaginaba la sonrisa de Edgardo y parecía que lo veía meciéndose en su silla. La muerte de Edgardo fue para Annette, una pérdida muy dolorosa y sorpresiva. Por algunos días, Annette estuvo llorando por la muerte de Edgardo y su amigo bondadoso de oficina había dejado en ella, recuerdos muy especiales y gratos.

Annette escribió:

HAY MUERTOS QUE PESAN…

Esos seres que en vida han dejado marcas profundas impresas,

Esos seres que a su paso por la tierra, han aliviado el dolor y la tristeza,

Esos seres que han dejado al hombre, la estela de su humanidad excelsa.

Esos seres que compartieron su saber y que permitieron a otros aprender,

Esos seres que aportaron a la humanidad, valor, respeto y dignidad,

Esos seres que trascendieron y florecieron, en la simpleza de su complejidad.

Esos seres que al marcharse, provocan vacío y suplicio,

Esos seres que mientras vivieron, compartieron su espíritu amoroso y compasivo,

Esos seres que labraron y que construyeron nuevos y mejores caminos.

Esos seres que sus rostros cálidos y llanos, quedan por siempre trazados,

Esos seres que se han marchado, y que resulta imposible imitarlos,

Esos seres que adoctrinaron, que elevaron mentes, que ferozmente destacaron.

Esos seres que repartieron al hombre, su sabiduría y su riqueza interna,

Esos seres que vivieron, para conquistar su propia naturaleza,

Esos seres que no sucumbieron, ante la adversidad ni ante la tragedia.

Hay muertos que pesan...

Aquellos que su ausencia deja una profunda brecha,

Aquellos que su genialidad, suscita el deseo de su vida eterna,

Aquellos que progresaron en espíritu y en conciencia.

Aquellos que vivieron para armonizar con el universo,

Aquellos que su amor por la humanidad, fue un asunto de sinceridad,

Aquellos que del sufrimiento, absorbieron el néctar de la humildad.

Aquellos que a su paso por la tierra, despeñaron grandes fronteras,

Aquellos que aplacaron con amor y con paciencia, las iras y las guerras,

Aquellos que mendingaron por la injusticia y por la tragedia.

Hay muertos que pesan...

Esos que han partido, y que su belleza no ha perecido,

Esos que han sellado al mundo, con su amor y con su equilibrio,

Esos que muestran al hombre, la belleza de lo humano y de lo divino.

Esos que no corrompieron la quietud ni el amor,

Esos que el egoísmo, no formó parte de su heroísmo,

Esos que no desviaron, ni pervirtieron espíritus,

Esos que la indiferencia, no cruzó por sus conciencias,

Esos que la desfachatez, no hizo en ellos nunca acto de presencia,

Esos que el trabajo por los demás, fue la fuente de su libertad,

ANNETTE

Esos que la paciencia, fue el alimento de sus conciencias,

Esos que murieron, pero que la humanidad recordará, por ser quienes fueron.

Son pocos los sabios,

Somos muchos los insensatos...

DESPEDIDA

En el proceso de morir hablé con alguien, una voz suave e imperturbable,

Me dijo que hoy era el último día, en el que mi respiración me mantendría con vida,

Le expresé que no quería morir,

La voz contestó con firmeza, que no tenía alternativa.

—Déjame vivir un poco más, por favor, dame otra oportunidad.

Cada día, cada minuto, y cada segundo de tu vida, han sido una coyuntura,

El tiempo ha sido inventado, y el tuyo hoy ha terminado,

Llegó la hora de abandonar tu ajetreado recorrido humano.

— ¡No por favor, todavía no!

¿Entonces cuándo? No podrás evadir el momento de abandonar, todo lo terrenal que has experimentado y logrado,

Fuiste un hombre de mejores suertes que muchos de tus semejantes humanos,

Ascendiste a la cúspide, y tus deseos de gloria han sido alcanzados,

Desde las amplias llanuras, haz caminado hacia la cumbre,

Tus conquistas superficiales, te han provocado momentos de felicidad memorables,

Te han satisfecho más que tus simples necesidades,

Has avanzado, a veces rápido y a veces lento,

Has tropezado y haz tomado el vuelo de nuevo,

Has luchado y sobrevivido, las tempestades y los tormentos.

Has enfermado, y en cada oportunidad de mejorar, te has propuesto un cambio,

Has dominado tus instintos acelerados, y has dado paso a la mesura, y al preámbulo,

Has dado al mundo nuevos herederos de tus talentos y de tus desaciertos,

No puedes negar que el tiempo que te ha sido dado, fue suficiente para experimentar, todo lo que tu vida ha necesitado,

No pretendas querer más tiempo, no es necesario querer cambiar,

El cambio lo has hecho, aunque al final de tus días, te parezca que no avanzaste demasiado,

Tristemente para ti, la hora final ha llegado. No temas, el proceso de morir no es tan despiadado.

—Por favor, sólo una oportunidad más, para poder dar lo que mi ser sustancial, tiene aún guardado.

No hay marcha atrás, tienes que aceptar tu extinción en el orbe terrenal,

Debes estar cansado, de la monotonía del trabajo diario,

Debes estar aburrido, de los problemas y los desencantos,

¿Acaso no has deseado a veces morir y olvidarte de tu azaroso recorrido humano?

¿A veces no te has sentido tan desesperado y desgraciado, casi olvidado en lo que pareciera ser, tu destino dotado de incertidumbres y estragos?

Haz defendido tus valores y has usado tu razón, hasta que la razón misma te limitó,

No necesitas más tiempo, nada ha de cambiar en el orden temporal,

Haz puesto al universo, la proporción de tu contribución,

Cada gramo de tus actos ha dejado, una huella en el ámbito perecedero,

No olvides que nada es bueno ni malo, todo lo que has dado, ha sido preciso y exacto.

No temas, ahora despídete de los que te han acompañado en tus pasos,

Afronta tu despedida, como parte de la creación de un universo que conspira, para darle al mundo la experiencia tanto de muerte, como de vida.

Cede tu lugar a una nueva alma que ha de avanzar y que al igual que tú, ha de concurrir al banquete que la humanidad debe degustar, para construir y para avanzar.

La carrera de tu vida ha sido un aporte excepcional, ahora regresas a tu naturaleza y a tu divinidad.

Lo último que escuché, fue una voz con eco que sucumbía, desde un enorme espacio que parecía celestial. Mi conciencia avanzó, para dejar la humanidad bestial.

Con el paso del tiempo, la muerte de Edgardo quedó en el pasado y la vida de Annette, debía continuar entre los desencantos y los estragos. Israel mantenía una relación menos asidua con Laura. La muerte de la abuela, lo había hecho retroceder de su separación abrupta con su familia y aunque estaba nuevamente más al pendiente de lo que Laura necesitaba, las cosas entre él y Laura, parecían haber perdido cierta chispa y estima. Annette procuraba mantenerse ocupada y ya no estar tan inmersamente angustiada, por las actitudes y rechazos de Laura. Las incomodidades nunca faltaban, pero Annette tenía la intención de cambiar, y de quitar de su vida tanta ira y tanta rabia. Cada vez que tenía la oportunidad o la desdicha de encontrarse con Laura, Annette era invadida por la cólera de los recuerdos y los continuos desprecios que Laura y la difunta abuela le hacían.

Pero las cosas cambiaban más de lo que Annette imaginaba. Aunque la comunicación entre Laura y Annette, era cada vez más escasa, ella no podía evitar enterarse de las cosas que pasaban en la familia de Israel. La esposa del hermano de Israel, tenía comunicación con Annette. Ella le comentaba los problemas y las tragedias, por las que la familia atravesaba. Cierto día, se enteró de que Laura tenía problemas en un riñón.

ANNETTE

A Israel nadie en su familia le comentaba nada y siempre esperaban, hasta que las cosas parecían ser un problema mayor. Después de practicarle algunos estudios médicos a Laura, los doctores que la atendieron, encontraron que tenía un tumor en el riñón. La cirugía debía ser practicada lo más rápido posible, debido a que el tumor era bastante grande y parecía tener cierta anormalidad, que los llevaba a pensar que podía tratarse de cáncer. Annette esperó a que Israel fuera notificado del problema, pero al parecer, nadie en la familia de Laura tenía la intención de explicarle, las dificultades de salud por las que atravesaba su madre. Esperaron a que llegara el momento de la cirugía y entonces sólo le explicaron a Israel, que Laura tenía un tumor, que debía ser extirpado de forma inmediata. Nunca le mencionaron que pudiera tratarse de un tumor cancerígeno. Israel no sabía a profundidad lo que Laura padecía, pero Annette le explicó, cuál era el problema real de su enfermedad.

El día de la cirugía de Laura, Israel estaba deprimido y sentía la preocupación normal, que toda cirugía grande suele provocar. Israel había enfermado de un resfriado que se le había complicado y no tuvo la oportunidad de acompañar a Laura en el hospital. Annette decidió presentarse en el hospital, para apoyar a la familia de Israel, a pesar de que su visita no parecía muy atractiva. Hizo caso omiso de las incomodidades y las críticas y decidió representar a Israel, para apoyar a su familia. Laura salió muy bien de la cirugía y los médicos confirmaron que el tumor extirpado, era cancerígeno, pero que lo habían eliminado perfectamente, sin que pudiera representar un problema más delicado. Cuando Laura salió del quirófano, Annette estuvo con los dos hermanos de Israel, esperando a que Laura, fuera trasladada a su habitación de recuperación. Una vez que Laura estuvo despierta y estable, Annette intentó ayudar a la hermana de Israel, a proporcionar un poco de comodidad, al cuerpo dolorido y debilitado de Laura. Ella no estaba muy contenta de que Annette la viera tan débil y tan enferma. Tenía un orgullo que no la dejaba sentirse relajada y Annette percibía todas las angustias, e incomodidades de Laura. Ella decidió estar sólo unos momentos con Laura, y luego marcharse a su casa.

Cuando llegó a su casa, le confirmó a Israel la sospecha del tumor. También le comentó las observaciones y reportes de los médicos, respecto a que habían extirpado el tumor en su totalidad y que ya no representaba un problema mayor para Laura. Israel se sintió más descansado, aunque un tanto preocupado, por la recuperación de Laura. En la familia de Israel, Laura había decidido instalarse en la casa de su nuera preferida, para recuperarse tranquilamente de la cirugía. La esposa del hermano de Israel estuvo al cuidado de Laura por algunos días. Annette le comentó a Israel, que quizás era bueno que Laura, pasara algunos días con cada uno de sus hijos, para que todos tuvieran el mismo trabajo y compromiso. Pero Annette sabía que Laura ni por error aceptaría, quedarse en la casa de Annette e Israel. Durante la recuperación de Laura, Annette e Israel la visitaron en la casa de su hermano. Afortunadamente Laura se recuperó y después de algunos meses, todo continuó bajo la misma dirección.

La enfermedad de Laura hizo recapacitar a Annette, sobre la vulnerabilidad de la vida y sobre la desvaloración de la estima. Laura no la aceptaba, y mientras estuvo en el hospital, y durante su recuperación, Laura intentaba demostrar fortaleza y altivez. No había duda de que era un ser humano más, con mucho orgullo y soberbia, pero con el mismo infortunio que cualquier persona en la tierra. El infortunio de debilitarse y de enfermarse, de forma insospechable y seria.

Annette escribió:

Pareciera que los momentos de tristeza con el tiempo se van y se desintegran; luego regresan, para recordarnos nuestras experiencias dolorosas, y cuando nos transportamos al pasado, los recuerdos nos hacen sentir nuevamente el dolor rezagado y la nostalgia de los años que hemos vivido y de las caídas que hemos experimentado.

La vida continúa en un hermoso vaivén que gira de forma milagrosa. El dolor atraviesa por nuestras vidas y la desdicha del momento, a veces nos hace olvidar nuestro sentido de armonía, y de espiritualidad. Otras ocasiones nos refugiamos en la nobleza del alma y reconocemos que nuestra soberbia, no sirve muchas veces de nada. A veces las enfermedades nos permiten aprender, la generosidad de la humildad y de la bondad. La carrera del tiempo es algo que nos duele aceptar y nos sentimos agobiados, pensando en nuestro día final. La historia del hombre se repite con variantes, pero son los mismos toques de valor, de desilusión, de felicidad y de coraje. Son las historias y las anécdotas, las que me han hecho sentir el placer de vivir y la necesidad de valorar cada experiencia, y cada vivencia. Muchas han sido mis caídas y mis negligencias. La soberbia me ataca como a cualquiera y el orgullo me hace sentir la animalidad, de rugir y de pelear de cualquier manera. Hoy en día mi rugir a veces se deprecia. Mis lastimosas experiencias me obligan a doblar la cabeza. Mis torpezas me han enseñado a dejar a veces mi orgullo de lado, aceptando mis imbecilidades e incoherencias. Quién soy yo, sino un puñado de polvo que lastima y que hiere con soberbia, y que se balancea entre lo salvaje y lo civil, luchando por sobrevivir y tratando de equilibrar de forma voluntaria, su sentido animal y bestia.

Cuando el paso de la vida me provoca introspección y autoevaluación, me trago mis experiencias y siento lástima por mis actitudes grotescas. Me subyuga la sabiduría de la vida, y me enseña a doblegarme, ante la majestuosidad de la dignidad y de la naturale-

za. Aunque las actitudes negativas me golpean, la sencillez de mis días de agonía y tristeza, me dan la fortaleza necesaria, para trabajar en búsqueda de la armonía y en búsqueda de la felicidad que todos buscamos, pero que pocos aprovechamos cuando la encontramos, sumidos en nuestras vidas llenas de actitudes negativas y soberbias.

Mi historia de vida ha tenido experiencias abruptas y sombrías. Cuando me casé con Israel, a mis veintidós años de edad, el universo me dio otra oportunidad de aprender y de mejorar. Mis luchas han sido injustas y poco creativas, pero me han dado lo que se necesita, para equilibrar mi ego y para revaluar mis actitudes pesimistas.

Cuando conocí a la madre de Israel, las cosas para mi resultaron poco atractivas. Mi pobreza y mi estatus social, me provocaron varios puñetazos y me rezagaron en el lugar de los despreciados. La etiqueta que me impuso la sociedad altanera, me hizo caer y quebrar, pero hoy me doy cuenta de que me ha fortalecido y de que me ha dado un verdadero sentido de amor y de libertad.

Laura se recuperó de la extirpación de su tumor. Su actitud volvió a ser la misma, a pesar de algunas tentativas, de disminuir su agresividad compulsiva. Laura era la típica suegra, que siempre aparece en las bocas de las nueras imperfectas. Annette era la típica nuera, defectuosa, fea, y tormentosa. Ella había decidido continuar con su decisión de apartarse del ruido familiar. Israel comenzó a tener algunos desequilibrios económicos, que lo llevaron a la decisión, de cerrar su negocio de decoración. Ambos habían decidido marcharse de su país, para buscar una mejor oportunidad. Sus planes de marcharse comenzaron a organizarse, y ambos decidieron arriesgarse, a experimentar un nuevo y mejor lugar para estabilizarse. Annette pensaba que la idea de alejarse del país donde Laura habitaba, era una oportunidad para independizarse. Por lo menos Israel tendría que pasar mucho más tiempo alejado de su ambiente maternal. Ellos vendieron el departamento que Laura les había ayudado a comprarse. Israel pensaba regresarle a Laura el dinero que le había prestado para comprar el departamento, pero Laura decidió no cobrarle e intentar ayudarle.

Ese fue un detalle muy grande por parte de Laura. Su soberbia con Annette, disculpaba su aprecio de madre. Israel estaba contento, pensando en construir un futuro más confiable y certero. Ella sentía cierta melancolía por dejar a su familia, pero en el fondo sabía, que la decisión de marcharse de su ciudad, podría ser una nueva oportunidad, para derrotar su ira y su coraje. Annette guardaba mucho resentimiento en contra de Laura y de la difunta abuela. Intentaba deshacerse de todas sus ansiedades y quejas, pero le era imposible olvidarse por completo de las escenas grotescas, y perdonarlas de forma sincera. Annette e Israel dejaron su país, y se marcharon a un nuevo lugar, donde pretendían comenzar y mejorar. Los sueños de ambos parecían tener mucha más esperanza y libertad.

Annette e Israel llegaron a los Estados Unidos. La anhelada América, que tantos sueños y esperanzas hospeda. En un principio, su acoplamiento fue como el de cualquier otra persona, cuando llega a un país nuevo. Comenzar, y luchar por establecerse y por encontrar una oportunidad para trabajar. Israel tenía la fortuna de haber nacido en Estados Unidos, y eso facilitaba que ambos tuvieran mayor seguridad. Aunque había que hacer algunos arreglos importantes y buscar un estatus legal para Annette, tuvieron la enorme fortuna de no comenzar una vida como ilegales. Israel era una persona muy organizada y cautelosa. De no ser por su ciudadanía americana, le hubiera sido imposible marcharse de su país.

Estados Unidos le dio a Annette, la oportunidad y la libertad de sentirse apartada de la hostilidad de Laura. Annette pensaba que las cosas habían sido muy poco alentadoras, e insípidamente amargas. Pero intentaba profundizar en todas las experiencias que habían quedado atrás. Su sed de justicia parecía estar desproporcionada, pues entendía que la arbitrariedad y la maldad, eran parte de la humanidad. No se trataba sólo de exigir lo que ella misma no sabía cómo transformar, ni como conseguir.

ILUSIÓN

Concluyo mi existencia como una causalidad entre muchas más,

Una vastedad ilimitada de lo atemporal,

No estoy segura si provengo de algo poderoso y soberano que desconozco,

Tengo ocasión de creer, que mi creación no pudo ser simple, ni surgir de lo falible,

Si soy un error del cosmos, me encuentro absolutamente inservible,

Si soy marioneta de lo sublime, me encuentro condicionado, y mi función no llegará más allá, de mi limitada condición como humano,

Si soy una criatura diseñada para una causa o propósito alto, me encuentro como un simple complemento justo y perfecto, solo para el deseo de mi amo,

Aunque mi razón no entiende las causas, tampoco concibe los efectos de mis demencias acumuladas.

Cuando abrazo el dolor infame que arrebata mi aliento,

No veo en mí ninguna razón convincente para existir,

Mi supuesto estoicismo es débil y no puedo sino lamentar, mi incapacidad de tolerar,

Cuando mi hijo o mi hermano han sido cruelmente heridos, y torturados.

Mi sangre corre acelerando mis palpitaciones, y robando mis sueños con dudas y con temores,

Me ahogo en la tristeza y en el desencanto, y siento rabia por el lado oscuro, e indomable de lo humano.

Me pregunto si vale la pena apostar por una mejor oportunidad.

Quién desea sufrir, quién gusta de lamentar, quién goza de delirar, quién se excita por morir.

He temido a lo desconocido y he pensado que ese Dios que el hombre ha creado, nunca ha intervenido.

Sospecho colérico de mis fundamentos obligadamente impuestos, que no soy aquel, que durante años he creído ser.

Sospecho que lo que me creó, es algo que mi limitada razón, nunca entenderá con precisión.

Sospecho que el que me creó, es más sutil y sagaz, de lo que suponen mis conceptos.

Mi demencia es necesaria, aunque en ocasiones, me da la sensación de sentirme ahogada.

Pero el súbito realismo en el que me encuentro atrapada.

Hace de mí un títere, que a veces gatea y a veces cabalga.

Existe algo que me aparta de la verdad más justa y más anhelada.

Pero *lamentablemente, no puedo ver más allá de mi visión limitada.*

Estoy condenado a obedecer o a revelarme,

estoy condenado a vivir, hasta que la muerte me atrape.

Podría morir ahora, si encuentro el valor y el coraje para aniquilarme.

Pero *mi existencia a veces trágica y a veces amable, suele atraparme con sus encantos, y con su fe inexpugnable.*

HOMBRES DE HISTORIA

Qué hombres ha dado el pensamiento y la creación,

hombres y héroes de lucha y de convicción,

aquellos que han hecho obra,

aquellos que han cimentado valientemente la historia.

Tú, bello Alejandro el Magno,

que naciste glorioso entre reyes y caballos,

tus ascendientes y mentores, fueron grandes hombres y grandes soldados,

tus aliados los mejores, tus maestros los más sabios,

todos de tu tiempo, los más destacados.

Heredaste la destreza y la inteligencia de un hombre extraordinario,

tu búsqueda y tu ambición, te dieron el honor anhelado,

fuiste el fruto de múltiples rasgos de sabiduría, superstición y pasión.

Fuiste el hombre que en la historia plasmó su gloria,
aquél que desde pequeño, mostró ser hombre de osadía y empeño,
incitador de generales de valor y hombre de intereses complejos,
hombre bárbaro, que dio paso a nuevos mitos y a nuevos deseos,
hombre creado entre Dioses y mortales intrépidos y feroces.

Tú, bello Aquiles, que clavaste tu lanza sobre toda amenaza,
tu grandeza derribó murallas, dando paso a tus honorables hazañas,
fuiste deseado por reyes y por hombres sabios,
tu valor fue fundado y engrandecido por tus soldados,
Héctor el grande cayó ante ti derrotado,
mas ambos fueron hermanos de gloria, valor, y encanto,
conseguiste darle honor a Príamo, regresando el cadáver de su hijo amado,
mas tomaste a tu enemigo, dándole consideración y a la vez aniquilándolo,
la leyenda dice que el Estigia dejo vulnerable tu talón,
entre dioses y mortales tu historia se construyó,
fuiste hombre de admirable belleza y entereza,
tu astucia y tu rapidez, dieron grandeza a tu naturaleza,
el mito y la realidad, han dado a tu nombre celebridad y proeza.

Homero es creador de múltiples mitos y leyendas,
las mejores épicas de toda época y las más excelsas,
el hombre que ha creado y ha inspirado la historia del sabio,
sus personajes combinados de amor y de desencanto,
de justicia y de arrebato, de consuelo y de dolor,
todos juntos hacen de la historia, una panacea de hombres de
adversidad y de gloria.

Odiseo, el gran héroe de Ítaca,
valiente defensor y constructor de ardides y trampas,
vencedor de múltiples pasiones y estafas,
creador del caballo triunfador, que disfrazó entre sus entrañas,
a grandes hombres de batalla,
derrotaste al temible cíclope Polifemo,
solitario retaste a Poseidón, quien sobre ti, descargó en sus ma-
res su maldición,
tus hombres fueron aniquilados y los Dioses furiosos te atacaron,
Zeus mismo intentó destruirte sin compasión,
mas Atenea te dio protección y tu valor engrandeció tu misión,
la ninfa Calipso te sedujo, e intentó ofrecerte todo un mundo,
astuto e inteligente, diste paso a la racionalidad de la mente,
razonable e iracundo, embestiste el temor y la traición,
fuiste capaz de derrotar el miedo y la adversidad,
tu amor hacia Penélope, hizo de ti un hombre de lucha excep-
cional,
regresaste a tu tierra, donde el hombre avaro y perverso, inten-
taba tomar tu propiedad,

más astuto y sagaz, derrotaste a aquellos que intentaron burlarte,

aquellos que hicieron de tu reino un completo desastre,

Telémaco de tus hijos el más memorable, fue tu valiente ayudante,

tu historia ha dado paso a grandes obras,

y ha dejado la huella que cada hombre posee en esta tierra,

mas no todo hombre se aventura o se revela, ante su historia o ante su tragedia.

Entre realidades, mitos, y leyendas,

el hombre construye su propia vida y engrandece su pasión y su experiencia,

la historia alimenta, y provee al alma, con una pócima de curación inmediata,

el mundo pareciera diferente y el avance de la historia se vuelve a veces incoherente,

dioses, reyes, mendigos, esclavos, indigentes, todos hombres distintos en posiciones y en mentes,

a menudo nos encontramos juntos y parecemos querer derrotar a enemigos comunes,

la pasión y el dolor son casi transparentes y las copias de la historia son semillas de gloria,

el mundo cambia en direcciones opuestas y cada civilización hace de su presencia, un cúmulo de nuevas tendencias,

pero el valor profundo de toda conciencia, está plasmado en la capa más insospechable, de la historia antigua y moderna,

somos todos hombres de mentes dementes y es la demencia la que alimenta a la historia y la que revoluciona en las discordias.

El pasado nos ha permitido explorar a profundidad el ámbito humano y nos deja perplejos, por los caminos que el hombre ha atravesado,

pero el hombre es el mismo, aunque mayores o menores han sido sus estragos,

el animal que pretende domar su mente y copiar la semejanza de las almas gloriosas y omnipotentes,

ese hombre que busca, y que pretende encontrar, una respuesta convincente a su destino insuficiente,

ese hombre que busca en sus necesidades la gloria y que sólo se tropieza con felicidades transitorias.

Ese hombre que aprende y que mejora, con el yugo de sus derrotas.

La historia ha dado diferentes hombres, y diferentes crónicas,

mas el animal terreno es el mismo, que busca resolver el acertijo de sus venturas.

Aquel que desea morir, convencido de que su paso por este mundo, ha tenido algún merito, o algún objetivo concreto,

aquel que se sabe transitorio, pero que apasionadamente toma lugar y se establece, como queriendo permanecer para siempre.

Annette siempre trató de forma infructuosa, que las personas vanidosas la aceptaran. Tal vez ese era su error. Lo único que conseguía, era sentirse más decepcionada cada que la subestimaban. Annette había luchado y había participado de las intrigas, y de las opiniones corrientes y mediocres. Sentía una profunda indignación y tenía la necesidad de protestar y de calmar de forma tajante, tanta humillación, tanta arbitrariedad. Primero intentó exigir respeto, pero su carácter inseguro y su mundo inmaduro, la hacían retroceder y sentir cierto afán de complacer al prójimo. Su padre había dejado una huella imborrable, y su sumisión era el peor de sus obstáculos y la más grande de sus contrariedades. Su madre la había llevado por un camino más inseguro y más desolado. A pesar de que Annette intentaba verse como mujer independiente, sus inseguridades y sus prejuicios emocionales, la hacían caer una y otra vez, en el río de las arbitrariedades. Había algo que ella no podía borrar de su infancia tan servicial. Sentía la enorme necesidad de agradar a los demás, y de sentir un poco de aprecio y respeto. Su incapacidad de reclamar, le causó mucha tristeza y desilusión personal.

Annette escribió:

La perfección humana llega a ser ilusoria e inclusive paradójica. Solemos exigir de los demás cierta moralidad, pero nuestra moral individual, dista de ser exacta y única. Los juicios del hombre son prácticamente acordes a su propio desorden. Sólo encajan en su ambiente y en su orbe. Aquel juicio necio y emitido, que suele ser producido de acuerdo a nuestras convicciones, es el juicio que hace del hombre, un esclavo de la disparidad y de la contrariedad mediocre y vulgar. Las diferencias existen, desde que somos distintos a todos los hombres. Nadie es exacto en cuerpo ni en rostro. Nuestras diferencias más simples suelen ser, las que nos dejan en estado de choque. El rico se separa del pobre, el sabio del ignorante, el valiente del cobarde, el alegre del melancólico. Aquél que sobrepasa la concepción de la individualidad, es aquel que logra asir cierta libertad y cierta generosidad. Ese es el único que goza de la interacción y de la familiaridad, de la existencia desigual del ambiente terrenal.

Las diferencias de pensamiento nos nutren y dan a la vida un historial exquisito de ideas y voluntades compartidas. Esto mientras dejemos que las verdades abiertas alimenten nuestro juicio, y nuestra experiencia. Las experiencias en el hombre, son igualmente distintas. Cada uno habla según el caos, las alegrías, las pruebas, las circunstancias y la ambigüedad a la que está expuesta su vida. A menudo nuestro dolor y nuestro temor, surgen del mismo principio. El hombre en general, está dispuesto a preguntar y a zambullirse en el mar de las conjeturas, que le dejan duda sobre su existencia, y sobre su destino. Aquél que no pregunta, y que no interfiere con el desarrollo de su rumbo, puede ser que haya superado la incertidumbre de lo abstracto. También puede ser que viva sin preguntar, porque su psique no desea confrontarse, con una realidad que parece recia y brutal. Somos distintos en costumbres, en creencias, en razas, pero iguales en principio y en sustancia.

Nuestras mentes requieren protegerse, y exigen ciertos embustes y ciertas demencias que parecieran impunes. Es nuestra demencia parte de nuestra coherencia y parte de nuestra brida, para apaciguar nuestra naturaleza negativa. Aquella naturaleza negativa que a los ojos del crítico prejuicioso, pareciera ser una naturaleza desleal y pérfida. Existe en el hombre, la dualidad de sus actos y de sus razones. No puede existir para el hombre, un camino trazado por una sola línea recta, donde dependiendo de su comportamiento en la tierra, deba ser lanzado al final de su existencia. La dualidad se compone de elementos que se oponen y que parecen repelerse, cuando el hombre no logra comprenderse. Cuando el hombre no puede entender sus razones ni su deber, como un esclavo cargado de municiones, que apuntan tanto a su enemigo, como a su cuerpo mismo. El hombre ha sido puesto en un universo que incita a lo bello y que produce centelleos de majestuosidad y felicidad eventual.

Transeúnte y perecedero, el hombre ha tenido que cargar sobre sus hombros, los pesados bloques de sus invenciones, de sus motivos y de sus razones. Ha tenido que arrastrar la pesada carga del delirio y del vicio, que le han sido por naturaleza y por herencia conferidos. Ha tenido que escoger entre las denominaciones y los designios oponentes, que él mismo ha construido. Ha cruzado ríos profundos, y ha llegado cansado a la orilla, para tener que regresar a la tempestad y para tratar de no ahogarse en el vaivén inestable, de las aguas violentas terrenales. Pareciera que el hombre ha sido ataviado de libertades condicionales y ha sido también encadenado, con cadenas de oro que pueden pasmarlo, para negarse a abandonar sus tesoros más invaluables. El hombre pareciera vivir encadenado, para no perderse de las dulzuras y de los encantos, de lo que el humano ha designado valioso y preciado. Es cierto que el gozo de la prosperidad material, confiere un grado armonioso de bienestar. Pero qué clase de gozo es suficiente, para un hombre que su naturaleza, parece no conformarse, ni sentirse del todo loable. Al paso del tiempo, el hombre llega al poder, y nutre su placer y su deseo de mantenerse regio. Se impone a su limitado manual de instrucciones, que le han sido conferidas por varias generaciones. El poderoso urde cómo mantenerse siempre en la cumbre. Siempre gozando del placer, que le provoca la sumisión de su servidumbre. El poderoso ve en sus esclavos, individuos menores y profundamente colmados de capacidades inferiores.

Existe el hombre poderoso lastimoso, que pareciera que por instantes se vuelve virtuoso y concede a sus ciervos, la misericordia de querer comprenderlos y de ser amistoso. Más éste nunca permitirá, que sus ciervos escalen más de la cuenta, para alcanzar una cumbre, que sólo le pertenece a él y donde sólo él puede florecer. El motor de la historia pareciera ser una especie de indiferencia y una especie de salvajismo individual, que logra alimentar a algunos hombres, mientras que a otros, los deja sin amamantar, hasta que pierden su fuerza y su voluntad. El hombre ha buscado sus motivos para extasiarse a si mismo. El éxtasis difiere de uno a otro hombre y cada uno se conforma o se confronta. La historia da paso a nuevos descubrimientos y a nuevos inventos. Hay hombres que gozan de la pompa, y de la algarabía suntuosa, que los lleva al éxtasis de la alegría dichosa. Hay hombres que gozan de la melancolía, y que encuentran en su apatía, cierto grado de inspiración divina. Hay hombres que gozan de los placeres y de las gorras y que parecieran colmarse de incitaciones liberadoras. Hay hombres que encuentran en el conocimiento y en las letras, el placer de aprender y la belleza virtuosa de intentar comprender. Hay hombres hundidos en la tristeza y en el olvido, que achacan a su destino, la incomprensión y el dolor adquiridos. Hay hombres que parecen sentirse ajenos a su destino, y que se oponen al orden de un mundo indiferente, en el que ellos no han sido nunca favorecidos.

La caja de Pandora siempre ha estado abierta, y algunos hombres se atreven a no verla. La conspiración es nuestra fuente de inspiración, y es nuestra doble moralidad, la que hidrata nuestro sentido de libertad. Asumimos y concluimos que somos diferentes y que somos distintos, cuando nuestros oponentes, parecen no tener los mismos valores, o los mismos intereses o principios. Más nuestras diferencias suelen ser pasajeras, porque nuestro parecido inmediato, es común y casi exacto.

El orden parece ser nuestro aliado, cuando somos nosotros, quienes pretendemos organizar y evaluar, nuestros terrenos y nuestros contratos mundanos. Más el desorden sucumbe precipitadamente, cuando nuestros adversarios, difieren de nuestros objetivos futuros e inmediatos. El hombre que hace obra, difícilmente se apega a las normas. Es el rebelde y el inconforme, el que instala su propio orden, y el que imprime en la historia, su existencia, y su realismo deforme. El hombre libre se expresa a su manera, y detiene las mareas, de las opiniones multitudinariamente aceptadas e impuestas. El convencionalismo popular, suele ser un anestésico brutal y adormecer al que permite que su razón, deje de florecer.

El convencimiento popular germina, hasta el punto de dejar a la razón del hombre, entumecida e insípida. El pasado suele ser olvidado y se construyen nuevos prejuicios, y nuevos objetivos de conquista y de dominio. La lucidez lleva consigo destierro y desdén.

El hombre libre suele sentir su sobriedad, cuando se permite salir a si mismo, de la cotidianeidad de la lógica popular. Es entonces cuando el hombre asciende y trasciende, buscando en la profundidad de su ser, lo que le permite conspirar en contra y a favor de la vida, para crear y para construir de forma exquisita. La exigencia de justicia suele posarse, en un estado de alcances convencionales poco reales. La injusticia alimenta y fomenta nuevas alternativas y nuevas leyendas de vida, dando paso a las historias y a las derrotas, que juntas se integran, tanto a la adversidad de algunos, como a la fortuna de otros. Los rehenes de la injusticia suelen posarse en horizontes crudos y desafiantes, pero muchas veces son ellos, los propulsores de nuevos avances y de nuevos logros, que permiten la evolución de la barbarie. La justicia suele ser una exigencia natural, pero soberbia y desigual. La pretensión moral parece no ser del todo sincera. Es contradictorio reivindicar justicia, cuando nuestras propias exigencias, alcanzan proporciones duramente recias, que no a todos privilegian. La historia ha dado hombres sensatos e insensatos. Ha dado hombres creadores de guerras y de desorden. El hombre no puede confiar en su razón, ni en su convicción, porque la razón no siempre suele ser coherente y tampoco suele producir la igualdad, que el hombre busca o pretende. La justicia parece no ser parte de la naturaleza del ser. El hombre tiene que crearla y buscarla, para poder desarrollarla, y para intentar construirse mejores circunstancias. La búsqueda de la justicia no es nunca fácil. La imbecilidad del hombre le lleva a pensar, que existen soluciones simples y mágicas. Pero la raza humana suele ser compleja y desesperada. La raza humana pre-

tende comprender la complejidad del ser, con su mente limitada y volátil, que lo aleja de las realidades y que lo sume en las pasiones dominantes.

La mesura es siempre necesaria para aplacar los impulsos y el frenesí de los arrebatos y de los tumultos mentales cotidianos. El hombre está siempre en acción y siempre deseoso de emoción. Las complacencias del hombre suelen ser inmediatas. La inmediatez de la vida, ha dejado a la sensatez desnutrida. El hombre esclavo puede conformarse con lo que tiene y seguir las instrucciones de su amo fielmente. Pero no existe ninguna satisfacción permanente, siempre habrá algún motivo para sentir la necesidad de adversidad y de exigencia moral. No hay esclavo que aguante el látigo del amo. No hay esposo o esposa, que aguante callado las costumbres y los tratos de su cónyuge. No hay siervos que aguanten sin sentir indignación, los tratos infames de sus voraces capataces. Aquel que calla ante un mundo complejo y lleno de llagas, puede ser que esté muriendo, vencido por la impotencia de enfrentar, una cruda y severa humanidad. Aquel que exige justicia y dignidad, debe enfrentarse a profundas incoherencias y demencias, que le harán sentir desencanto y titubear. La podredumbre suele darnos el empuje que necesitamos para reforzarnos, para sublevarnos ante un mundo trágico y reacio.

La fe mantiene la fuerza del hombre. El hombre necesita creer, llenar un vacío que le exige cierto equilibrio. La fe es el alimento que fortalece y que promueve. La fe es la propulsora de la marcha obligada y despiadada, de un mundo que pareciera estar marcado, por las tragedias y por las amenazas. Un mundo de grandes desesperanzas y de enormes discrepancias.

Aberración

El hombre normalmente siente el deseo vital de proveerse bienestar,

siempre busca cubrir su enorme necesidad de ser feliz,

cuando siente y se convence de que su éxtasis florece,

queda entonces en su ser, el dulce sabor de boca, cuando sus sentidos se enaltecen.

No siempre importa el origen de la satisfacción o de la gloria,

el éxtasis hace del hombre, persecutor de la fascinación, que provoca la vigilia de su excitante emoción,

los sentidos parecen estar complacidos y el ego rebosa ataviado de satisfacción,

son varios y distintos los deseos del dominio y la ambición,

algunos predominantemente agrestes y llenos de subyugación,

algunos parecieran no ser del todo fructíferos, cuando se les convierte en malignos o negativos,

pero al mínimo grado de éxtasis acumulado, los sentidos parecen confundirse y volverse flacos.

Llega entonces al hombre, la marea de las aguas placenteras,

aquellas que lo bañan del ímpetu y del bienestar, que transportan a su alma, a las cumbres del paraíso y la felicidad.

Aquellas que parecieran encantarlo y seducirlo, para deleitar sus múltiples deseos y vicios,

esa satisfacción que viene y que va y que pareciera por momentos culminar, generando el ímpetu de volverla a buscar.

Las aguas dulces provocan la gloria y el esplendor de la agitación regeneradora e ilusoria,

aunque las minucias de felicidad suelen alejarse y posarse en horizontes a veces inalcanzables, el hombre busca siempre su prístina naturaleza, de sentir la alegría y la dicha excelsa,

busca entonces saciarse y ataviarse, con cualquier cosa o arte, que le haga enloquecer y doblegarse al placer.

Es ese hombre que dispone y propone nuevas y muchas ideas, para alimentar sus sentidos y sus demencias,

consigue sus victorias, se enamora de sus fiestas efímeras y redentoras, dando paso a la historia y a las exigencias humanas, momentáneamente emancipadoras,

no importa cuál sea la causa de la proeza o de la satisfacción,

los momentos de regocijo y excitación, parecen ser inauditos, y muy emotivos para dejarlos en el olvido.

SIMPLE OPINIÓN

Si el asesino mata y su furia se desata, cuando siente la indignación, la frustración, o el dolor que lo nubla, ¿cuál es entonces el origen de su pecado, de su decadencia absoluta?

¿Qué puede sentir aquel enfermo, que en la pobreza absoluta delira y que el piadoso sólo pareciera conmoverse, con indiferencia de su miserable vida?

¿Qué puede colmar al que yace postrado a su cama, e indigno de la esperanza, de la misericordia humana?

¿Qué puede hacer cambiar a la prostituta, que pareciera que sólo sirve, para degenerar y para denigrar, cuando satisface al que la busca, y al que la copia con diplomacias ocultas?

¿Cómo puede el esclavo pensar más allá de su necesidad, de obtener el insípido y mísero alimento, que apenas le da la energía de continuar, obedeciendo oprimidamente a su majestad?

¿Cómo puede ser grande el hijo del campesino, que apenas sabe hablar y que desde pequeño, fue objeto de sometimiento, arbitrariedad, y dominio brutal?

¿Cómo puede pensar mejor el obrero necio, que su único objetivo impuesto por la misma mediocridad social, ha sido fumar y satisfacer sus vicios grotescos?

¿Cómo puede pensar mejor una sociedad, alimentada por vicios e ignorancias, que parecieran atiborrarla, desprenderla de su capacidad de razonar de forma ilustrada y equilibrada?

¿Cómo puede una sociedad pretender ser igual, cuando se encuentra ataviada de concepciones diferentes y necesidades diversas y variadas?

Una sociedad que de forma sutil o tosca, está impregnada de hipocresías y parafernalias.

Una sociedad que lleva consigo el abrigo del bien y del mal. Una sociedad que pretende ayudar, cuando usa y despoja, al que cae en sus redes de buena voluntad.

¿Cómo puede ser educada de forma igualitaria, una sociedad que difiere de pérdidas y de ganancias? Una sociedad que sólo pretende armonizar, cuando el sufrimiento o la necesidad, parecieran desgarrarla.

Una sociedad con individuos que en última instancia perecerán, pero que en cuestiones terrenales, sufren a menudo de los mismos abruptos y quebrantos emocionales.

Nuestra estimación racional ha sido ferozmente atacada, y nuestra debilidad parece tendernos una trampa. La trampa de la oscuridad racional, que nos despoja de la verdadera libertad de razonar. Cada hombre intenta cubrir sus necesidades a su manera.

Son diversas las luchas y las derrotas, pero todo hombre, tiene el potencial de exigirse el conocimiento, y de alimentar su intelecto.

Los prejuicios son eternos, existen en el hombre, los cambios naturales para el orden y el desorden. Existe en el hombre, la inminente necesidad de apaciguar su animalidad. La ilustración es uno de los caminos para encontrar cierto equilibrio. Los hombres más sabios y equilibrados, debieran ser posados en los estratos del dominio. Pero el dominio suele subyugarnos, darnos la impresión de ser una imposición, que atenta contra nuestro valor. El hombre puede ser alimentado en su pasión y puede ser desviado en su pretensión. El hombre es frágil y su pusilanimidad parece inconmensurable. El hombre puede parecer ciego, cuando se le alimenta con vicios prácticos y serenos. La ignorancia suele producir cierto entumecimiento, no intervenir en la tragedia, ni en el enamoramiento, de una irrealidad que el hombre mismo ha querido conservar. El hombre lucha por mantenerse distraído de la realidad de su destino final. Intenta mimar y entretenerse de la muerte, para no llegar a la locura, o a la decepción decadente. Es triste para el débil, aceptar la realidad de un mundo que alberga lo cruel y lo bestial, pero no es fácil profundizar y entender, lo que pareciera la imperfección y la inclemencia de la humanidad.

HUMILLACIÓN

Estridentes suelen ser las palabras mudas o expresadas, cuando van cargadas de odio, antipatía y displicencia,

aquellas que surgen del hombre, cuando se encuentra inmerso en sus sentimientos perversos,

causante de desprecios que mutilan y que producen enormes y profundas heridas, es de todo hombre esta cualidad que resulta insípida, pero que ningún hombre vacila en curar y en exponer, sus cargas de delirio, conmoción, e ira.

El sabor amargo del menosprecio y la vejación altanera,

suele producir a la víctima, un áspero y febril sentimiento de dolor y humillación,

un bochorno almacenado que pareciera que se entumece, hasta alcanzar un estado de ebullición alterado,

una llama que se apaga y que se enciende, cuando el hombre siente la indignación recurrente.

el látigo del orgullo y la subestimación, están presentes en la convicción y en la opinión,

suelen producir a sus verdugos, estados de excitación profundos,

no escapa el hombre de la soberbia, o de la autoindulgencia que lo venera,

aquella que lo satisface, y que le permite alimentarse en su moral placentera.

La desfachatez severa suele ser excelsa, cuando el débil se doblega,

la supremacía del fuerte suele sacudirse, cuando la víctima se subleva,

la guerra está siempre presente y ninguna paz suele ser suficiente ni duradera,

basta un sólo parpadeo de contradicción, para enaltecer los egos, y para ensalzar la indignación de los insurrectos.

Fuertes y débiles, todos avanzamos en posiciones contrarias de resistencias humanas,

hombres somos todos de naturaleza recia y severa, allanados por el afán de alcanzar, la cumbre de la superioridad placentera, la supremacía del astuto suele atravesar por el portal de la disparidad,

el sagaz suele tener la avidez de avanzar y de poseer, lo que intenta alcanzar,

usa sus artimañas y su dolo, para encumbrarse en el sitial de la debilidad del prójimo,

la injusticia suele ser parte de su habilidad, que proporciona a su sombra, un toque de excepcionalidad.

La jungla humana suele cortar la inspiración magnánima de muchas almas,

la justicia suele estar fuera de nuestros deseos pasivos y serenos, cuando reconocemos que nuestra naturaleza dual, suele balancearse y equilibrarse entre la ruina y la prosperidad,

el orden y el desastre parecen posarse tanto en el fuerte como en el cobarde,

la sed de imparcialidad suele darnos cierta amargura, cuando experimentamos en persona, el yugo de la avaricia y de la derrota,

también suele proporcionarnos cierta frescura, cuando alcanza nuestra finalidad, y nuestros deseos de exigencia moral.

El hombre llega al punto existencial de pensar, cuán fútil pudo ser su ambigua animosidad,

los deseos incitan y proporcionan la fuerza colectiva, que propulsan las tragedias y las alegrías,

la sabiduría embellece las mentes y produce ciertas mesuras y ciertos deleites,

la ignorancia produce cierta seguridad, que sumerge en las aguas torpes y entumecidas, de la masa adormecida.

Hombres todos somos, avaros, deseosos, infames, cobardes, voraces, benévolos, intransigentes, volubles, e indiferentes.

Sin la demencia y la contradicción, la historia de la gloria y del fracaso, no mostraría los trazos de los reiterados juegos humanos,

al final del camino, el hombre culmina su destino, y se pregunta cómo para qué, o por qué, hizo lo que hizo.

No hay respuesta a su pregunta teórica. La duda universal suele proporcionar, un puñado de incertidumbres crónicas.

Tengo el deber de comprender el mundo, o de dejarme llevar por lo que el mundo me proporciona,

la insipidez de la dejadez me estruja.

La presión de la podredumbre, en un mundo ataviado de injusticia e imperfección, me estremece y me atribula.

Mi función en este andar no ha sido escrita; nadie me ha dicho cuál es mi ruta.

Siento el deber y la necesidad de buscar, mis propias salidas y mis propias guaridas.

Debo encontrar mis propias armas, para luchar y para sobrevivir, en medio de mi imperfección, y de mi desnudez absoluta.

Es mi decisión, y será mi acierto o mi falla, si conservo mi naturaleza intacta.

Soy un sujeto que puede conformarse, o tomar el riesgo del equilibrio y del avance.

Soy cobarde y pusilánime, cuando mi terreno suele sacudirse y tambalearse.

Soy una bestia puesta en una mazmorra, repleta de adversidad y de derrota.

Más el hombre debe pulirse como se pule a un diamante,

los golpes lo forman y lo embellecen, para intentar mejorar y perfeccionarse.

Aunque la perfección suele no estar de su parte,

su sed de reconocimiento y de avance, lo incita a lijar su estructura animal y salvaje.

He sido en mucho el autor y el constructor de la pesadumbre que me subyuga.

Soy consciente del bien moral, pero mi propia moralidad, tiende a ser blanda y me arrastra a la puerta de la intolerancia,

el mal ha sido parte de mi estandarte y de mi andanza,

el mal es la división que se causa, tanto individual como en masa,

tanto el infame como el receptor, surgen de su humanidad, y de su imperfección.

La malignidad de la existencia parece ser el principio del ser,

la individualidad suele ser cruel y te posa en la soledad y en el desdén,

la creación del hombre y la mujer marca desde el principio la desigualdad de su causa,

no puede existir la igualdad, cuando la muerte y la vida resultan ser tan contrarias,

cuando la naturaleza misma es agresiva y profundamente inflexible a mis certezas mundanas.

Laura fue en todo momento, una mujer ataviada de pasiones y de tormentos. Una madre defensora de lo que creía ser su deber de protectora. Una mujer cegada a la mesura, y profundamente agria, cuando apuntaba con lanza de enjuiciadora.

Annette era también al igual que Laura, una mujer humanamente complicada. Su lanza de juez apuntaba a diferentes injusticias y causas, pero su complicación especulativa, era semejante a la de Laura. Annette pensaba que lo único que podía llevar al hombre a la mesura, era la capacidad de aprender de la humanidad. Para aprender, necesitaba intentar entenderla en su forma más profunda y diversa. No hay respuestas simples a las pasiones que el hombre posee por defecto, pero la mesura proporciona al hombre, la capacidad de convivir y de comprender, de forma menos agresiva y bruta. La mesura hace que el hombre busque formas menos caprichosas, para actuar y para dirigirse a los demás. La ignorancia y la insensatez, son aquellas que llevan al hombre, a la severidad de su ser. Las injusticias cometidas o recibidas, suelen acompañarse de iras y de agonías. El receptor sufre las heridas, y desea la venganza y la represalia. Su espíritu parece colmarse de indignación y coraje. Su sufrimiento suele acrecentarse, y sus heridas lo conducen, a reparar el daño moral, o la humillación que le ha golpeado de forma perturbadora y dolorosa. El verdugo suele tener sus razones para actuar y para proceder, en sus acciones de repudio y desdén. Ambos son humanos y antes y después, tanto el verdugo como el humillado, parecen estar dotados de sensaciones de violencia y rechazo. Cualquier masacre, o acto de humillación o maltrato, indignan al hombre, cuando éste siente el dolor que lo corrompe. El hombre ve en el dolor ajeno, algo muy lejano, pero ciertamente inmediato, a su capacidad de valorar el sufrimiento, como un mal poco afortunado.

La tierra suele ser el terreno de miles de hombres, con diferentes posiciones y con diferentes complejos. El hombre en su imperfección y en su cerrazón, suele tener el ansia de la guerra, y de la discrepancia. Las pasiones humanas suelen ser vistas como injusticias y como fallas, pero las pasiones que subyugan, y que rebajan al alma, son a veces también, constructoras de grandes obras y bienaventuranzas. El sufrimiento es duro y severo, pero también es formador de hombres grandes, y de espíritus íntegros y recios. Las luchas suelen dejar en el soldado, la huella inquebrantable del dolor humano. Los humanos sólo profundizamos y aprendemos, cuando estamos en los límites de lo inestable, y de lo severo.

Cuando somos alcanzados por las olas de la tragedia y el sufrimiento, parece que logramos entendernos, y alcanzar un nivel de igualdad, que unifica las conciencias y los espíritus, en una sintonía de comprensión y compasión inauditas. Somos tan infantiles y tan temerosos, cuando reafirmamos nuestro destino poco alentador y violento, ante nuestra pequeñez y ante nuestros ojos. Al enfrentar nuestra realidad natural, la muerte parece darnos la inestabilidad y el desgano, que nos provoca la exaltación pavorosa, de una vida por demás trágica y dolorosa. Pero somos humanos, y al parecer, nuestra imperfección suele traicionarnos. Nos posamos en los senderos de la ambición y del desvelo, por la búsqueda de un bienestar, que suele ser pasajero. Un bienestar efímero que nos deja poco satisfechos, cuando enfrentamos el contratiempo más grande que tenemos. La muerte suele ser el paso más desafortunado, y el más trágico. No hay momento más inquietante, que aquel cuando el hombre piensa su propia muerte, y se imagina dejando su vida. Una vida que parece aniquilarse de forma áspera y despótica. Una vida que cuando culmina, no lleva con ella ninguna certeza o promesa segura, pero si una enorme duda, que suele ser inquietante y muy descorazonadora.

Annette pensaba que la disparidad entre ella y Laura, era cuestión de grandes ignorancias por parte de ambas. Laura y la abuela habían sido siempre profundamente religiosas, y cumplían con su misión dominical, de participar en las actividades católicas. Annette siempre había visto en ellas, la enorme contradicción que el hombre genera, cuando es incapaz de acatar las normas y los cánones de la religión que profesa. Ella pensaba que las religiones eran necesarias, para crear en el hombre cierta conciencia de respeto, compasión y benevolencia. También pensaba que la fe era necesaria, para sobrellevar de forma menos pesada, las tragedias y las desgracias, que los seres humanos normalmente no esperamos y mucho menos planeamos aceptarlas. La fe guía al hombre en su camino y en su desorden. Es necesaria la fe, para alimentar la incapacidad de comprender, lo que no se puede aceptar ni entender.

La fe permite al hombre disipar cuantiosas dudas, que le hacen sufrir y temer, a cierta insipidez del ser. La fe es la forma más práctica y simple, de remediar las incertidumbres, y las perplejidades profundas. La fe es poderosa, cuando posa al hombre en un terreno de seguridades animosas e ilusorias. Suele ser triste la verdad de la complejidad, de una naturaleza universal, que a los ojos humanos, suele parecer imperfecta, temerosa, y brutal. La creación del hombre para muchos, suele ser una obra maestra, que discrepa de su capacidad de entender y de aceptar sin perturbación su naturaleza.

Soy mujer de poca fe, y admiro a aquellos que logran envolver y apaciguar sus temores en sus creencias. La vida me ha sido complicada y demasiado áspera, como para pretender que estoy convencida, de que mis creencias y mis opiniones variadas, son las mejores y las más acertadas. Opiniones tengo muchas, pero mi saber está posado en los estrados de lo ordinario. No he sido capaz de razonar, ni de comprender la profundidad, y el valor universal del ser humano. Entiendo muy poco del mundo y de su historia, que ha sido por generaciones, un depósito de grandes experiencias, y de grandes pasiones. He luchado contra la dualidad de mi ser, y me he topado con dificultades y contrariedades mentales, que he sido incapaz de comprender y de digerir, sin antes preguntarme, hasta dónde soy capaz de posarme y curarme, en mis inseguridades y en mi barbarie.

Mi vida no será suficiente para saberlo todo, ni para convertirme en sabio o en docto. Pero mi embriaguez de ignorancia ha hecho de mí, un títere a disposición de mi cerrazón. Inclusive, soy un títere a disposición de la opinión de los otros. La confrontación entre los humanos parece ser eterna, no he sido yo capaz, de intentar aminorar mi sufrimiento y el de los demás. Doy rienda suelta a las pretensiones y a las apariencias vulgares y fáciles. Me ha sido más práctico seguir mis pasiones y mis arbitrariedades, alimentando mi incapacidad de discernir y de razonar. Esa forma simple de exigir la justicia y el respeto por parte de los demás, sólo me ha posado en los campos de la insensatez y el descaro. No soy menos que un animal bruto e insensato, que no logra pasar de los corrales de la ignorancia y de la irracionalidad. He sido un animal que sólo ha actuado de forma salvaje, para intentar defenderse de sus asechadores y de sus cazadores voraces. No he respondido más que como un simple animal, a las complejidades de mi naturaleza, y de la de los demás.

He luchado contra la simplonería, de aquellos que creen poseer la virtud de la pureza y de la sensatez. He visto al poderoso y al engreído, posarse en los pasillos del delirio y del desequilibrio. He visto al imperioso y al magnánimo, en caminos cruzados, donde el imperioso ha cometido los actos más despiadados, mientras que el magnánimo, ha dado pasos más complejos, pero más compasivos y civilizados. He visto al campesino y al obrero, poseer la dignidad y la virtud que debería poseer, todo hombre que se pretende regio. He sido complaciente con mis vicios corrientes y he pretendido que mi enemigo me estime y me respete.

No puedo más que reconocer, mi incipiente embriaguez de veleidad e insensatez.

La humanidad parece conspirar, en un movimiento unánime de exigencias titánicas, e inconsistencias dogmáticas. El individuo es por naturaleza un humano, con sentido de percepción inmediato. Las diferencias con otros humanos, alimentan en el hombre su sentido de poder y de predominio. El hombre posado en los pasillos de la indiferencia y el descuido, tiene a su lado una carga emocional, que puede llevarlo por varios caminos. Un camino que lo incita al cambio, y al deseo del predominio, sobre los hombres tanto de su rango, como sobre los hombres que considera inferiores o extraordinarios. Entonces el hombre inferior, siente el deseo de no quedarse atrás, en la carrera de la ansiedad de bienestar. Lucha y se sobrepone a las contradicciones y a las circunstancias adversas que lo acogen. El hombre desea la trascendencia, desea la libertad, aunque la libertad a la que aspira, suele ser condicionada, confusa y conflictiva.

Otro camino es aquel que el hombre toma, sumiéndose en su desdicha y en su derrota. Ese camino lleva al hombre al descontrol, al hundimiento de sus energías y de su pasión. Estos hombres pueden parecer indiferentes o sumidos profundamente, en la amargura de la incertidumbre de su ambiente. La desesperanza y la desolación, han obligado a muchos hombres, a arrinconarse en la autodestrucción. La integración social lleva un peso que muchos no toleran. Otros más se integran y parecen competir casi siempre, intentando conservarse en la pelea. Siempre hay nuevas luchas, nuevas exigencias y el mundo parece sumirse, en los pasillos de las rupturas severas. Pero la historia tiene innumerables huellas, que trazan las batallas de la humanidad, por intentar poner el orden y la civilidad. La historia ha sido testigo, de que la razón y el sentido común, no siempre son los que llevan al hombre al equilibrio o a la perfección que suele buscar, para intentar mejorar a la humanidad, o para construir un ambiente de igualdades, que suelen ser inalcanzables. La razón no siempre instaura el bienestar de una sociedad. Las necesidades y los juicios son distintos, cada hombre posee un conjunto de valoraciones y requisitos, para construir su camino, para alimentar su conciencia y su espíritu. Todo hombre desea bienestar y felicidad y siempre está interesado en resarcir y en satisfacer, su propia naturaleza y necesidad.

El hombre poderoso, es igualmente vanidoso y orgulloso. Cualquier poder, inclusive el menos jerarquizado, lleva al hombre al juego revitalizador de querer ser Dios. No es tarea fácil dejar de lado los deleites de las vanidades y de las conquistas loables. Es en el juego de querer ser Dios, donde el hombre encuentra su incitación y su valor. El poder carcome las conciencias y las razones, pocos hombres de poder, son capaces de ennoblecerse ante la majestuosidad del todo bien. El todo bien, suele estar peleado con el poder y siempre estará presente en el hombre, el vicio infranqueable de la mezquindad y el desorden.

Laura había logrado educar un poco el gusto, pero sus múltiples viajes no le habían dado el valor agregado, de un humano razonable y equilibrado. Laura no poseía el valor de la compasión, ni la grandeza de la sencillez y la ilustración. Laura no había logrado un pulimento adecuado. Su diamante había comenzado a ser pulido, pero aún era demasiado tosco y áspero.

Annette pensaba que su diamante, estaba igual que el de Laura o quizás peor. Pensaba que para intentar poseer una forma menos tosca y más delicada, tenía que recorrer un enorme camino, plagado de muchos pedruscos y desequilibrios. El camino era pedregoso y agresivo, pero valía la pena intentar recorrerlo, y zambullirse en su voluble sumidero. Annette pensaba que para llevar una vida digna, y de acuerdo al bien moral que ella predicaba, era necesario librar una batalla dura y complicada. Una batalla en la que el primer adversario era ella misma. El camino del bien, suele ser un laberinto de enormes e insípidos desequilibrios, pero cada ser humano, es responsable de su propio recorrido.

El deseo de Annette, era comenzar a buscar una forma más compasiva, y más civilizada de andar. Una forma más sensata de convivir y de evaluar. Annette pensaba que no bastaba con la sola voluntad, habría que atravesar por diferentes y abruptas circunstancias, para poder avanzar, pero era necesaria en ella, la búsqueda de la prudencia, y la búsqueda de la serenidad. No se trataba de una serenidad de adormecimiento e indiferencia. Se trataba de una serenidad compleja, en la que tenía que posar las ideas abruptas y agresivas, para intentar reflexionar, intentar comprender el mundo y su indiferencia compulsiva.

Quizás el problema mayor para el hombre, sea su enorme dificultad para luchar, en contra de su adversidad natural. El pensamiento y las experiencias grotescas, incitan a pasiones y a negaciones, que golpean el deseo de ecuanimidad y de benevolencia. Al menor titubeo de arbitrariedad o desprecio, surgen en el hombre las pasiones abruptas y los deseos perversos. Quién pondrá una mejilla, para recibir la segunda bofetada de un primer golpe, que ya de por sí, incita a la violencia y a la defensa iracunda. Quién es capaz de amar y de perdonar de forma honesta y real, a su enemigo, a su atacante agresivo. Quién desea el bien de un asesino, que te ha destruido la vida, que ha dejado en tu ser el desconsuelo, la indignación de la injusticia y del dolor atroz. Las intenciones buenas del hombre parecen quebrarse con la menor incitación y con el menor desorden. Las pasiones nos arrastran, y chocan con nuestra arrogancia, de sentirnos racionales y superiores de las barbaries. Al parecer, no hemos avanzado mucho en calidad humana y nuestra irracionalidad brutal, parece avivarse de la nada. No hemos sido capaces de menguar nuestras arbitrariedades, ni nuestras múltiples amenazas.

NACIMIENTO

¿Es verdad madre que todos morimos?

¿Cuánto es el tiempo que los humanos vivimos?

Mi frágil cuerpo no quiere estar fuera de tu vientre tranquilo,

posado sobre este universo solitario es donde mejor convivo.

No quiero salir de este acogimiento sereno.

No quiero estar fuera de este océano que me alimenta y que me mantiene entumecido.

Por favor, déjame de este lado y siempre estaré contigo.

No pongas ante mis ojos tiernos, la luz fluorescente de un mundo rígido.

Oh, madre bella, ¿qué has hecho conmigo?

No poses mi vida sobre un universo que aún no he conocido,

no quebrantes mi adormecimiento, ni me des la proeza de estar entre los hombres violentos.

No sé que animales encontraré fuera de este dominio.

No se contra quién tendré que luchar, ni que obstáculos tendré que atravesar.

Tu corazón late y su sonido embelesa mi oído.

Escucho tus suspiros, y cada latido tuyo, junta tu tiempo con el mío

Es en este plano donde me siento seguro y pacifico.

Déjame sereno y quieto, dentro de mi ocio apático.

Tal vez soy tan errado, para no aceptar mi destino frustrado.

¡No pienses mal Madre mía!

Sólo me protejo del desdén ajeno.

Y de un mundo que desde aquí adentro, me produce desencanto y miedo.

COMPAÑÍA...

¡Oh amor mío! Cuanto tiempo he pasado a tu lado, dándote sobras de mi cariño.

Mi amor no es perfecto ni puro, eso a veces me causa una sensación de hipocresía y disimulo.

Una enorme insipidez resulta de mi altivez,

Dame amor mío, la dicha de permanecer contigo,

déjame conspirar con mi frágil honestidad.

Resultan dulces los efímeros momentos de felicidad compartidos.

La soledad suele darme cierto equilibrio, para la reflexión y para el alivio.

Pero sin ti a mi lado, mi soledad puede tornarse en un vacío profundamente agrio.

Mis temores pueden surgir como en cualquier ser humano,

temo menos a mi muerte, que a tu silencio permanente.

No imagino una vida de delirios e intransigencias, sin tu sombra ni tu presencia.

Has dado a mi vida el sentido de la compañía.

No he encontrado respuesta a mi debilidad, de mantenerme a tu lado, a pesar de los sufrimientos rancios.

No hay en mí ninguna razón que no sea humana, para sentir la amargura de la soledad profunda.

Tú has sido el hombre de mis sueños y de mis torturas.

Has dado a mi existencia, el equilibrio de la paciencia.

Me has enseñado el significado de la dignidad y de la nobleza,

Tu sensibilidad, ha sido una lección ante mi rudeza y ante mi insensata violencia...

Me pregunto si hay algún motivo que sea excusable, para el sufrimiento adquirido. Me pregunto si existe alguna excusa convincente, para el tormento que hemos producido. Los infiernos que el hombre ha creado, más allá de su imaginación y de su temor a lo desconocido, han sido masacres profundas y deplorables. El hombre ha creado infiernos y delirios, que subyugan y destrozan el espíritu. El hombre ha sido capaz de hacer del infierno, una realidad que supera su imaginería y su iconografía plasmada de demonios, monstruos, tinieblas, ríos de sangre y feroces bestias. No imagino un infierno más salvaje que el infierno de *Auschwitz*, donde el hombre en su cerrazón feroz, hizo de sus razones, de sus intereses mezquinos, la más despiadada de las masacres. Un infierno donde el soldado obedeció, despojado de la razón, donde el temor y la obediencia ciega, lo llevaron a cometer el más infame dolor. Hasta dónde puede el hombre abstenerse, de sus inconformidades, y de sus ambiciones terrenales. Hasta dónde puede el hombre abstenerse de sus envidias, y de sus trampas salvajes. Hasta dónde puede el hombre abstenerse de luchar contra el temor y contra la inseguridad de la muerte. La perfección terrenal es una meta poco alcanzable, pero el hombre tiene la capacidad de refrenarse. No hay derecho al sufrimiento, ni a la violación, ni al tormento. No es concebible ni conformarse ni abalanzarse, en pos de lo vil, de lo miserable. No existe justificación ante la humillación, ni ante la barbarie. El hombre debe aprender a contener sus males, y sus actitudes infames, para intentar evitar el dolor y la deplorable masacre. La historia nos hado innumerables ejemplos, de la ferocidad y la brutalidad que el hombre puede alcanzar, en sus estados más excitables.

Cuál es entonces el aprendizaje y la lección, cuando el hombre pretende haber avanzado y estar mejor ilustrado. Las incitaciones y las pasiones, parecen rebasar nuestra intención de mejorarnos. ¿Acaso es justificable pasarse de lado, cuando la injusticia y la humillación, cruzan por nuestros ojos y parecen no dañarnos? La indiferencia es un agravio mayor, cuando el hombre pretende no dolerse del frenesí del descaro, de la destrucción, de la discordia, del engaño. Puede el hombre posarse en su posición infame de aceptaciones cobardes. Puede también el hombre, zambullirse en sus ínfulas, en sus aires de lástimas conformistas y pusilánimes. Puede el hombre continuar actuando en medio de la barbarie, y sacrificar su valor y su dignidad, porque la exigencia de justicia, puede posarlo en los pasillos de la confrontación y de la soledad. La necesidad de justicia es natural de todo hombre, y las justicias suelen muchas veces, contener la misma severidad de la iniquidad. La irresponsabilidad del hombre para ponerse límites, y para equilibrar sus deseos de dominio y mezquindad, ha destruido tesoros invaluables, y grandezas de la humanidad, que han sido difíciles de recuperar. El hombre ha sido capaz de destruir la grandeza del conocimiento. Ha sacrificado en la historia, a hombres de nobleza y de gloria, que han sido capaces de salir de la barbarie, para intentar diferenciarse de las masas conformistas, de los desviadores de espíritus, de los oportunistas, de los cínicos idealistas. El hombre ha destruido a almas grandes, que han sido únicas e incomparables, dentro de la humanidad salvaje y cobarde. El hombre ha sido capaz de masacrar y de conspirar, en contra de aquellos que han intentado instaurar, la razón, la libertad, la justicia, la dignidad. El hombre ha sido capaz de asesinar al frágil, cuando éste no ha podido sobreponerse al infame.

¿Dónde han quedado los gritos desesperados, de aquel que ha sido brutalmente asesinado o despojado de su dignidad y de su respeto como humano? El que muere cesa de su batalla y de su desamparo, mientras el que vive, continua esclavizado o temeroso de un mundo trágico y doloroso. No hay razón para tanto sufrimiento y descontrol.

Aunque la individualidad es necesaria, y puede tornarse tanto ágil como pasmada, la individualidad ha llevado al hombre, a los campos de la desolación, la apatía y la indiferencia masiva. Hoy en día, se ha puesto mayor énfasis en las apariencias y en las conveniencias, dando paso a la ruptura de las relaciones constructivas y de las convivencias inteligentes y afectivas. La libertad se ha tornado en un desvío descomunal, de expresiones y arrebatos, que no tienen ningún sentido de responsabilidad, ni de equilibrio. La libertad ha dado paso al fervor y a la excitación, sin límites ni restricción. Se ha confundido el sentido de la igualdad, desvalorizando la razón y el conocimiento, y dando paso al crecimiento, de la mediocridad y el seudo talento.

Nuestras salidas adocenadas no han sido suficientes, para evitar el caos y el desorden. Nuestra irracionalidad nos ha llevado a alimentar, las vanidades y los optimismos mediocres.

La humanidad posee lo vil y lo banal, y no existe una respuesta fácil, que pueda servir para cambiar su naturalidad. Pero no es aceptable, conformarse e intentar acoplarse, permitiendo que los vicios y los atropellos, sucumban nuestra moral y nuestra libertad. No es libre el que hace lo que le pega en gana, sino el que afrenta la batalla de la mediocridad, para buscar y defender su verdad. Una verdad que no suele ser ni tirana ni lastimosa, sino que lucha por el respeto y la dignidad, tanto del que la busca, como la del hombre en su totalidad. Una libertad en la que el hombre necesita mucho valor y mucha capacidad para la adversidad.

No somos perfectos, pero tenemos la capacidad de equilibrarnos y mesurarnos, para buscar la ecuanimidad y el bienestar social. El hombre merece respeto y dignidad, y merece florecer, en su búsqueda de trascendencia y de libertad. Ningún hombre merece la humillación ni el dolor, que causan las frivolidades, los narcisismos y los alardes. Ningún hombre merece ser pisoteado o degradado, para satisfacer las vanidades y los arrebatos del hombre cruel y malvado, que no ha logrado mesurar su estado salvaje y bajo. No existe en el hombre mayor pesadumbre, que la de ser pisoteado y maltratado. Existe la dignidad en el hombre corriente, y en el hombre extraordinario, que siempre será parte de su necesidad y de su exigencia moral. El hombre de bien, siempre buscará encontrar un camino de armonía y de generosidad, que le permita tener respeto y compasión por los demás. Nuestras diferencias son variadas y por las diferencias que poseemos, debemos intentar reconocernos, como hombres capaces de razonar, y de distinguir entre lo saludable y lo funesto. Nuestras diferencias son el mejor comienzo para intentar comprendernos, en un mundo rápido, complicado y violento, que requiere de mucha mesura y mucho razonamiento. El paso del hombre por el mundo del desorden es efímero, imprevisible y poco alentador; este hombre parece haber avanzado y encontrado algunas razones y soluciones, para aminorar su sufrimiento y su dolor. Pero el hombre ha sido tan débil y tan testarudo, que en su necedad y en su complejidad, ha puesto en su camino, mayores desilusiones y desequilibrios. El hombre no ha encontrado respuestas amables y afectuosas, a lo que parece ser, el océano de sus ambigüedades y de sus derrotas. Pero tampoco ha encontrado en la muerte, la pócima revitalizadora, que le permita aceptar su humanidad efímera y transitoria. Hombres han sido muchos, y cada uno ha plasmado su derrota o su gloria, siempre en búsqueda de una razón, que le permita tomar el control, de una vida que le resulta poco alentadora. Pero el supuesto control de su vida, no le ha dejado ninguna aceptación regeneradora, que lo libere de su deseo de encontrar, la fuente de la juventud, o de la inmortalidad. El hombre a través del tiempo se confronta con los más pesados argumentos, pero su razón, no ha sido capaz de entender ni de explicar, el argumento de su origen y de su mortalidad.

Para vivir de forma digna, en búsqueda de una justicia, que parece no ser realista, debemos comenzar por dejar de rebatir y confrontar al mundo, en la forma vulgar y burda que practicamos a menudo. La insensatez y la irracionalidad, sólo nos conducen a la arbitrariedad, a la defensa irresponsable y trivial. Es necesario poner orden en nuestro inmenso caos de miseria y de excesos. Muchas veces podemos evitar tanto sufrimiento, tanta amargura, y tanta soledad. Muchas de nuestras desdichas e inmundicias, son causadas por nuestra cerrazón y por nuestra insensatez para aminorar el dolor. Es preciso intentar poner un equilibrio y dejar de defender tan obstinadamente nuestras ideas carentes de inteligencia, que sólo son empujadas y alimentadas por nuestra enorme ignorancia. El hombre exige un respeto y un reconocimiento, que normalmente no está dispuesto a proporcionar, a sus compañeros del juego terrenal. El hombre quiere el bien para sí mismo, sin importarle si el prójimo, desea o necesita lo mismo. Pero el hombre ha sido incapaz de jugar limpio y honesto, en el juego de los hombres frágiles y violentos. El hombre suele ser como un chiquillo, cuando se enfrenta al dolor y la destrucción de su yo. Es en su muerte y en su inestabilidad, de pisar un lugar seguro y firme, donde el hombre suele encoger su ego y su vanidad, que en estado de superioridad, parecieran invencibles. Luego surge su violencia, cuando se trata de pisotear y de desbaratar, a su contrincante o a su acompañante, en el mundo soberbio de los hombres dominantes.

Es difícil e imposible, poner en el hombre la perfección, y el equilibrio perenne. Es difícil que todos los hombres encuentren igualdad, en un mundo de proporciones diversas y disparejas. La justicia es una exigencia que suele ser ambigua, por sus contradicciones y sus desproporciones. Pero no es imposible luchar, para encontrar una mejor convivencia, y el lado optimista de la justicia, que pueda darnos la oportunidad de vivir juntos, y de respetarnos, a pesar de nuestras diferencias y de nuestras creencias heterogéneas. Debemos luchar por intentar ser humanos más responsables, más equilibrados, más razonables. Tenemos la capacidad de actuar con entendimiento y con inteligencia, siempre buscando la mejor manera de vivir, de forma digna e integra. El margen de nuestra integridad y de nuestra moralidad, podrá tener diferentes grados de entendimiento, y de susceptibilidad. Pero siempre existe en el hombre, un sentimiento del bien y del orden, que normalmente suele encaminarlo, por las mismas direcciones y convicciones. El bien y el orden dan al hombre la misma satisfacción de júbilo y de confort. Ningún hombre suele sentir desdicha o insipidez, cuando se posa en los campos del bien. El bien individual que cada hombre suele buscar, puede darle la posibilidad de experimentarlo, no sólo en él mismo, sino en cualquier otro ser humano, para comenzar a poner en orden, nuestras actitudes de indiferencia y reproche.

Podemos culpar a medio mundo de nuestras tragedias, o de nuestro caos, pero cada uno es responsable de integrar en nuestro mundo y en nuestra comunidad, la presencia del bien y del bienestar. Somos responsables como hombres pensantes, de luchar contra la ignorancia y la irracionalidad, para poder exigir acciones que requieran, de hombres de sensatez y de orden. Podemos equivocarnos en nuestras decisiones, pero jamás, dar paso a simples opiniones o al simple sentido común, que suele exigir acciones que son carentes de inteligencia, y de pensamiento superior. Muchos sabemos juzgar y opinar, pero pocos entendemos, nuestra enorme irresponsabilidad, y nuestra enorme ignorancia, que nos limita y que nos distancia, de la razón sublime y sabia. El buen pensador no actúa por simples pasiones o irrelevancias. El buen pensador, actúa en nombre de la raza humana, y siempre está dispuesto a defender su verdad, aunque quede inmerso en el desdén y en la soledad. El buen pensador, muchas veces pasa por inadvertido y su obra queda marcada en la pizarra de la raza humana, cuando ésta comprende la grandeza de su alma. El buen pensador no espera la alabanza, espera que la humanidad trascienda, a través de su búsqueda y de sus enseñanzas, sin ser puesto en los escaparates del hombre mediocre, que levanta altares de hombres populares, sin importar si dieron verdadero valor y bienestar a la humanidad. No es un valor simple el que el hombre grande busca en sus decisiones, es un valor que requiere de mucho temple, y de mucho coraje, para navegar entre el caos, entre la adversidad, entre la apatía, entre la soledad.

Los hombres solemos no reconocer las grandezas y las bondades del ser. Dejamos de lado a los pocos hombres sabios, para dar paso a la mediocridad de varios.

No soy menos ignorante que Laura, ya que me he dejado llevar por la simpleza de los prejuicios y de las opiniones mediocres, que me han sumido en la cotidianeidad del hombre de impulsos, y del hombre de mitotes populares y absurdos. Cómo poner a un lado tantas ideas, tantos conceptos que me han cegado, y que parecen estar enraizados, en la capa más profunda de mi intelecto pasmado. Nuestro drama pareciera eterno y en constante titubeo. Pero es necesaria la prudencia, la imposición de límites y restricciones, a nuestras acciones perversas y mediocres. No debemos posarnos en la actitud del descaro y del cinismo, mucho menos en la actitud de la frivolidad o la indiferencia, de aquellos que pretenden participar del mundo, con acciones de autoindulgencia y populismo ventajoso. No debemos dejar al mediocre manejar los asuntos más profundos del hombre. No debemos permitir que la simple opinión, o el sentido común dictaminen nuestras decisiones. Me he dejado llevar por el sentido común y no he encontrado ningún buen propósito, en mis acciones colmadas de incitaciones bárbaras y deliberadas. Es cierto que el sentido común nos permite reconocer entre el bien y el mal, pero no podemos dejar al sentido común, nuestra total animalidad. Mi sentido común es espontáneo y convencional, por lo tanto, no puede ser éste, el que me permita reaccionar de forma inteligente. No soy más que un simple animal, que usa su instinto para sobrevivir y para atacar.

Me he degradado, mi miseria emocional, no va más allá de las simplezas y la facilidad. La búsqueda de la sabiduría, es el mejor camino para equilibrar nuestras vidas. Las incitaciones y las pasiones impulsivas, nos estancan en los pasillos de la irracionalidad, y de la irreflexión continua.

Dejemos las miserias para los miserables, los débiles de espíritu, los cobardes. La grandeza del alma es la más bella, la más pura, y la más espléndida. La exigencia de la humildad, es la más noble de las exigencias. Es la sencillez y la humildad, la que nos permite equilibrar, y reconocer nuestras insolencias. La belleza del hombre alcanza proporciones infinitas. Es en su belleza, donde el hombre encuentra su ambigüedad y su naturaleza. Hemos despreciado a grandes hombres que han trabajado, y que se han dado a la tarea, de aportar nuevos pensamientos e ideas, para aminorar la barbarie de la humanidad. Hemos tenido hombres sabios, que han dado su vida para intentar buscar la verdad. Pero la verdad universal parece encontrarse, en un lugar donde el hombre no ha podido adentrarse. La verdad de un universo que se mueve en puntos diversos, y que conspira con sus sucesos, para dejar en el hombre, la impotencia y la duda sobre su naturaleza ambigua, y sobre su existencia efímera.

Me poso en los pasillos de la soberbia y de la arrogancia severa. Llevo a cabo mis actos, y hago de mi vida, una panacea de enjuiciamientos rancios y simulacros.

Tomo actitudes de puritanismo y delirio, cuando señalo a mis semejantes, y cuando los distingo, de mis acciones y de mis moralidades. Pero qué he dado yo, a un mundo que está marcado por las complejidades y los absurdos. Qué he dado yo, a un mundo en el que grandes hombres, y grandes sabios, han aportado y dejado gloriosas obras, y gloriosos pasados. Quién soy yo, al lado de aquellos que han aportado, que también han apostado, por un mundo más sereno y menos bárbaro. Quién me siento, al lado de aquellos que han luchado y se han esforzado, para que un animal ordinario como yo, goce sin esfuerzo, de los resultados de sus avances, de sus múltiples fracasos. Aquellos que han hecho que el hombre sufra menos, y que encuentre un mundo menos salvaje y menos ignorante, han sido hombres que a su paso, han dado a la vida el valor de la dignidad y de la generosidad compartida. Esos generosos que han permitido que el hombre encuentre cierto sentido, a su inconforme y temeroso destino. Esos hombres que han inventado y creado, las herramientas y las estrategias, para avanzar en busca de una mejor humanidad. Esos que han domesticado al animal humano y que le han dado la oportunidad de escalonar, en la pirámide del salvajismo y de la barbarie.

Son muchos los que han construido la historia, los que han participado de sus luchas, de sus victorias y de sus derrotas. Son muchos los que han dado paso a nuevos descubrimientos y a nuevos conocimientos, que nos han permitido disfrutar y aprender, de nuestros delirios y de nuestros tropiezos. Cuándo he puesto mi supuesta inteligencia, a los píes de la humanidad, para intentar siquiera dar a los hombres, un poco de respeto y de dignidad. Mi ignorancia y mi comodidad han dado a mi vida, la imbecilidad de un cordero adormecido, que sólo por sus instintos, va tras los pasos de su pastor, obedeciendo a su vara y tragando pastos y granos sin sentido de dirección. He seguido el circo y me he conformado a vivir sin las exaltaciones del hombre pensante, sin las desesperanzas del hombre buscador de verdades. Mi ignorancia me posa en la comodidad de los cobardes y en la comodidad de aquellos, que pretenden apaciguar sus tragedias y sus contrariedades, con pócimas de optimismo ciego y reivindicación populares. Adónde queda mi orgullo y mi autoindulgencia, cuando dentro de un universo profundamente bello y recio, no soy más que un bicho menor, incapaz de usar y apreciar la belleza de su creación. Un ser incapaz de comprender su propósito e incapaz de comportarse con valentía, con agradecimiento, por su paso efímero e incierto, sobre un mundo que pareciera infinito y que guarda en él, la dignidad y la majestuosidad de lo desconocido. Un mundo con hombres bellos que se diferencian, imponiéndose atropellos y humillaciones inauditas. Un mundo con hombres que se lucen y que se esconden, que titubean y que se imponen, que destruyen y que crean, que mutilan y que reconstruyen, que aman y que odian, que se aplacan y se incitan, que luchan y se concilian.

Un mundo con hombres grandes, de mentes variadas y alucinantes. Un mundo con hombres que se conforman, con sus estímulos y sus pretensiones, que temen al cambio y al orden. Un mundo de hombres que su infantilismo los arrastra, por los bosques del temor y de la desgracia. Ese mundo que resulta insípido y nauseabundo, cuando el hombre profundiza, en el pavor de sus injusticias y de sus pasiones mezquinas.

Pero el hombre esta ahí, sin mucha alternativa que le permita escapar del fin de su vida. Con sus temores y sus alegrías, ese hombre bello logra enormes maravillas, y difunde su valor y su sabiduría, para el bienestar de aquellos que lo inspiran. Esa belleza y esa dignidad de los hombres grandes, que han dado un valor invaluable, al avance y al desarrollo, de una humanidad impredecible y declinable. Esos cobardes y esos que incitan a la barbarie, son también portadores del orden y del desastre. Hay hombres que han sido hombres, por su sufrimiento y por su coraje. Hay hombres que el dolor y la humillación, han dado a sus vidas el valor y la dignidad que se necesitan, para aminorar las actitudes egoístas y las inmundicias.

Mis costumbres son fuertes, parecen invencibles y sobresalientes, pero mis quejas no han sido suficientes, para vencer mis vicios corrientes. Mis quejas no han sido más que delirios mediocres e incultos, que me mantienen en el fisgoneo abrupto, y en el enjuiciamiento corrupto. No me encuentro perfecta, pero encuentro una enorme posibilidad de mesurar mis demencias.

Laura no es mi contrincante, ni mi enemiga perversa. Ella es sólo un ser humano más, incapaz de liberarse, de la podredumbre de la pasión sin control y de la barbarie. Lamento decirme a mi misma, que mi incapacidad ha sido igual, y que no he dado nada grande a la humanidad, que pueda librarme de mi insensatez y de mi ignorancia destructora y cobarde.

Siempre ha habido en el hombre, motivos suficientes para destruir y para construir. Mi alma ha caminado por senderos desoladores y solitarios. Mi alma ha avanzado en cada paso, y se ha fortalecido con cada estruendo y con cada delirio o tropiezo. Hay algo en mí que no se definirlo, pero que pesa y que me doblega, cuando mi instinto animal, se dispara sin la menor cautela o prudencia. Hay algo más allá de mi entendimiento y de mi corta facultad de entenderme a mi misma, de entender a los demás. Debo analizarme, e intentar desvanecer mis ignorancias y mis alardes.

Dónde queda entonces mi honestidad, cuando yo misma, no encuentro facilidad, para apaciguar mis fantasmas de orgullo y de vesania. La ira es la peor de mis batallas, no puedo sino intentar entender, las ironías y las discrepancias, de una humanidad decadente y ambigua, en la que yo también estoy incluida. No debo caer en el cinismo, o en el conformismo de mi realidad. No sería justo sentarme en el absurdo y vencerme a la suerte o al relativismo incongruente.

No hemos encontrado como hombres, una forma de dominarnos o de perfeccionarnos y la voluntad no es suficiente para ponernos en orden o para emanciparnos. Cada voluntad lleva un ideal y un convencimiento, que difiere de cada individualidad. Puedo no hacer nada para participar de forma positiva del mundo, si mi interés sigue siendo tan mezquino y mi razonamiento tan diminuto. Puedo seguir siendo parte de la podredumbre, y de la imbecilidad social, para no entorpecer ni mi tranquilidad desquiciante, ni la de los que suelen amar el mundo de las apariencias y de las comodidades.

Grandes hombres sabios y mejores que yo, han fracasado en sus ideales de justicia y de rectitud, a causa de la indiferencia y del desgano común.

Podemos prevenir mucho del sufrimiento, porque el hombre ha evolucionado y ha escalonado en su salvajismo, en su ímpetu descontrolado. No somos los mismos bárbaros, ni los mismos primitivos del pasado, cada siglo o sociedad, han dejado en el hombre, nuevos conocimientos y nuevas herramientas de evolución y progreso.

Hemos sido capaces de inventar nuevos métodos y nuevas realidades, para vivir en sociedad y para aminorar nuestras crueldades. Nada puede garantizar la paz eterna, ni la serenidad duradera. El hombre tiene en sus instintos y en su naturaleza, una incapacidad de rendirse, o de renunciar de forma total a su fiereza. Ahí estamos todos, posados en los sobresaltos y en las intransigencias, que suelen surgir cuando menos lo esperas. No hacer caso a la arbitrariedad, o la violencia de que se es victima, es casi una imposibilidad, y resulta una exigencia fantasiosa y deshonesta. Cuando alguno te humilla o intenta aplastarte, de forma injusta e insensata, es muy difícil que tu mente, no te haga sentir destrozada o avergonzada. Es un golpe que te genera indignación y desesperanza.

Nos hemos permitido no poner límites a nuestra vileza y a nuestra insensatez. Hemos alimentado la incoherencia y el desdén. Hemos acrecentado nuestras actitudes de egoísmo y despotismo. No hemos sabido equilibrar nuestra indiferencia, ni nuestra individualidad y nos acercamos a una soledad voraz, que cada vez nos golpea más. Hombres que pretendemos ser Dioses, pero que nos hemos quedado pequeños, ante la majestuosidad de lo desconocido y de lo secreto.

Hemos avanzado en lo terrenal y en lo material, pero no hemos alcanzado el conocimiento más vulnerable y más real. El conocimiento del espíritu, que ante nuestra pequeñez mental, suele quedar aislado y en el descuido. No hemos aún sido capaces de escudriñar en nuestra realidad, de una forma más bondadosa y menos tosca, para evitar agredir la integridad y la dignidad de los demás. Aquella realidad que nos espera y que nos golpea. Aquella realidad que ha sido necesaria, para buscar la trascendencia y la victoria de la batalla humana. La realidad de nuestra muerte y de nuestra génesis, que tanto nos inquieta, que también nos alimenta, y nos inspira a luchar contra ella, para intentar aminorar su inclemencia.

Mi maldad hierve como una flama que no se apaga y su llama crece inevitablemente, cada que alguien intenta destruirme, o hacerme sentir inservible o despreciada. No soy yo esa que surge como fiera de la nada. Es mi humanidad, es también mi espíritu de justicia y de integridad. Una justicia que suele ser desproporciona-da, y que no es perfecta ni santa. Una integridad que surge de las necesidades más profundas del hombre, en su sed de respeto y de libertad. Aunque nuestra libertad parece ser condicionada, todo hombre desea exponer sus convicciones y sus esperanzas.

La grandeza del alma, es aquella que sobresale de las masas mediocres, y de los tumultos redentores. Esa mediocridad que se conforma con seguir en su cotidianeidad y en su apacibilidad. Pa-rece que mi presencia en este mundo de infames demencias, fuera una tabla rasa, o una huella que no lleva impreso, más que el sello del desprecio, de la insolencia, y de la intolerancia. No llevo más que el sello de aquellas, que se hacen las victimas y las puritanas y que pocas veces suelen ser grandes pensadoras o sabias. Cuántos individuos hemos sido incapaces de luchar por la integridad y por la dignidad de todos los hombres, protegiendo, respetando y valo-rando, nuestras diferencias y nuestras similitudes. Cuántos hemos renunciado a la mesura y al orden. Cuántos hemos renunciado a la verdad, a la virtud de la honradez, y de la integridad. Cuántos hemos sido incapaces, de aportar una pizca de cautela o de mesu-ra, a las aguas inquietantes de un mar humano, que levanta muchas tempestades y locuras. Ese mar humano que es inestable, y que produce mareas de sufrimiento y de barbarie. Qué pescador, ha sido capaz de navegar por este mar, enfrentando su oleaje de for-ma casta e intachable. Qué pescador, ha atravesado estas aguas, ha conservado su virginidad y su rectitud, sin que exista en su proce-der, una sola pizca de impureza o de imperfección.

No hay hombre perfecto en las aguas terrenales, pero po-demos luchar por embestir a nuestra animalidad, e intentar reco-nocer nuestra vulnerabilidad, nuestro infantilismo, cuando se nos coloca en los pasillos de la demencia y del delirio. Podemos lu-char para evitar tanto sufrimiento y tanta soledad, que muchos hombres experimentan, a causa de nuestra vileza, de nuestra falta de razonamiento y de conciencia.

Hombres todos, diferentes, diversos en costumbres y en modos. Hombres todos, con sed de trascender y de conquistar, los temores de nuestra realidad final. Hombres todos, con sed de eternidad, y de prolongación existencial. Nuestro destino final es el mismo y los temores de nuestra transitoriedad son similares, y perturban nuestra noción de humanidad.

La grandeza del hombre se encuentra, en su capacidad de elevar su pensamiento, para evitar entorpecer y pulverizar, la poca felicidad que poseen los demás. La grandeza del hombre está, en su capacidad de respeto y reciprocidad. La grandeza del hombre se encuentra, en su capacidad de saberse un individuo imperfecto, e insuficiente con sus nociones moralistas y excluyentes. La grandeza del hombre está, en la búsqueda continua del bien y del bienestar, tanto de su casa, como de su comunidad. El hombre grande no se subordina al mito o a la barbarie popular. El hombre grande no se conforma, con ser parte del espíritu de los demás, para ganar reconocimiento y popularidad. El hombre grande da valor a su vida y a su coraje. El hombre grande siembra prudencia y exigencia. El hombre grande, ennoblece a los débiles y a los pusilánimes, sin aplastarles o encogerles, sino mostrándoles cómo luchar, cómo encontrar el sentido de su rectitud y de su dignidad. El hombre grande tiene compasión, por aquellos que carecen de lucidez y de ambición. El hombre grande se posa en el camino medio, de las incertidumbres y de los proverbios. Se posa en el camino medio de las repugnancias y de los anhelos. En el camino medio de la paciencia y del desasosiego.

El hombre grande sabe luchar, por el equilibrio y por la ecuanimidad, aunque tenga que enfrentarse a la desesperanza, a la demencia, a la soledad, a la soberbia de su propia consciencia, a la disminución de su libertad, a la cerrazón desmedida de sus adversarios, al hostigamiento feroz de sus enemigos y de sus temerarios. El hombre grande sabe morir con dignidad y con valor, siempre convencido de la grandeza de la integridad y de la nobleza del respeto, la compasión y la generosidad. Esa es la belleza del hombre. Ese hombre que nutre, que alimenta su razón y su inteligencia, para dar paso a la mesura y a la prudencia. Una prudencia, una mesura, exigente de orden y de cordura. Una prudencia y una mesura, que no son gratuitas ni sencillas, sino que exigen un esfuerzo y una destreza intelectual continua, para mantenerlas fuera de la simplonería.

¿Qué queda de mí entre tanta insipidez y tanta torpeza?

No tuve elección de nacer justa ni perfecta...

¿Qué debo esperar de mi infame voluntad, que me traiciona y que se revela?

A pesar de mis intentos por disminuir mi intolerancia y mi agresividad.

Brotan en mi ser las iras y las inclemencias, en una sociedad que golpea y que desprecia.

No encuentro a mi corta inteligencia placentera.

La mediocridad ha nublado a mi razón, y me he dejado llevar por las iras y por las guerras, multitudinarias e insípidas.

Mi vida ha marchado, y mi destino final aguarda por un tiempo, que es oculto y no revelado.

Siento a la vez ternura, nostalgia, enojo, discrepancia, desencanto, y arrogancia.

Qué hombre puede dejar de sentir tantas emociones opuestas y variadas.

No encuentro mis pasiones como algo perfecto o impecable.

Algo que me permita sentir, la satisfacción absoluta de mi proceder y de mi existir.

Tal vez no sea necesario intentar comprender algo, que mi lógica infantil y temerosa, nunca podrá confrontar con sencillez y cordura.

Quizás mi imperfección es justa y absoluta, pero mi cerrazón y mi sensatez corta, no logra concebir su bondad ni su envergadura.

La resaca de mi embriaguez mental ordinaria y mediana, me molesta y me castra.

He sido buena y estúpida, más pocas veces, he actuado con inteligencia y mesura.

Pocas veces he tomado distancia para razonar, y para equilibrar mis actos y mis palabras.

La complejidad del mundo no es simple, y no existen respuestas precisas ni duraderas.

Para una humanidad allanada de contrariedades, y desigualdades terrenales severas.

El ajetreo emocional y constante que el hombre experimenta, hace imposible la cordura, y la rendición absoluta a la concordia.

Mis defensas han sido estridentes y baratas, y han opacado mi caminar, y el sagrado sentido de mi alma.

Esta vida no me ha sido fácil, ni tampoco redentora o ecuánime.

Mi viaje ha sido pesado, con dificultades y tragedias, con angustias y arrebatos, con luchas constantes, e injusticias denigrantes.

Pero qué puedo yo hacer para cambiar a una humanidad, que está en constante batalla, porque no hay camino fácil para sobrevivir, en el mar de las astucias y de las discrepancias.

No hay camino fácil para hacer de lado nuestras diferencias, sin que sintamos la menor inconformidad o la menor intransigencia.

El mundo va moviéndose a través de nuestras experiencias, y cada humano y cada generación, luchan por su justicia y por su razón.

Cada hombre siente la necesidad de exigir y de expandir, sus ideales y su sentir.

Cada hombre construye y destruye, según sus pasiones y sus reproches.

Cada ser humano impone sus diferencias, y sus estados de consciencia e inconciencia.

Cada hombre lucha y se sobrepone, a las vicisitudes de sus experiencias, y a los exabruptos de sus fervores.

Cada hombre siente la intensidad de su vida y de su bienestar, y cada humano lleva en su caminar, la sazón y el sabor, de las especies que se agregan a la universalidad de la vida, tanto de forma individual, como de forma colectiva.

Nuestra belleza humana de fealdades desproporcionadas, contiene matices de pinceladas blancas y negras, burdas y delicadas, agitadas y serenas.

Pero está latente en cada ser humano, la capacidad o incapacidad de reconocer, que nuestras diferencias suelen ser enormes y diversas, pero nuestra igualdad suprema, suele ser como un espejo, donde todos los humanos nos reflejamos y nos movemos, con la misma inquietud y combatiendo, por los mismos desencantos y misterios.

Nuestra igualdad final es aquella, que a todos nos estremece y nos inquieta, y también es esa igualdad final, la que a todos nos alienta y nos incita, para continuar y para avanzar, en nuestro camino poco encantador, pero también muy seductor, e inexplicablemente enigmático y apasionado para los ojos humanos.

Ese camino del alma, que nos hace aprender y experimentar, de todos los sucesos y las circunstancias. Ese camino donde los más favorecidos y feroces, logran navegar por los mares inmensos de la humanidad, cruzan las tormentas y las olas angustiosas y violentas, de forma valiente y sedienta.

Son esos humanos fuertes y entusiasmados, los que logran llegar a la orilla del mar, para encontrarse en una isla desierta, que no guarda ninguna esperanza segura ni ninguna promesa certera.

Intento sentir compasión y condolencia, por aquellos que ya atravesaron los mares humanos, por aquellos que están junto a mí peleando, y por aquellos que aún no están en el naufragio.

Debo detener el frenesí de mis arrebatos y de mis juicios violentos e insensatos. No necesito ser parte de la convicción, de aquellos que carecen de inteligencia y de razón. ¡Cuán mediocre e ignorante he sido! Me estremece mi poco valor y la simpleza de mi libre albedrío.

Esta lucha es ardua y severa, poco esperanzadora y optimista, cuando vemos nuestro final irrefutable e inexorable. Pero uno encuentra el placer en la búsqueda del conocimiento, y en la búsqueda de la coherencia. Uno encuentra en la inestabilidad, y en la fragilidad del equilibrio, cierta noción de valor y de congruencia. Me falta tanto para entender mi objetivo. Mi vida resulta corta, para entender las complejidades del mundo y de su historia. Mi existencia terrenal es como una gota, que no logra adherirse a la totalidad de su manantial. Una gota que es parte de una universalidad infinita y divina, pero que en su separación y en su libertad, se ha confundido, se ha distraído y se ha perdido, caminando en su éter y en su vacuidad, temerosa de regresar a su origen y principio.

Debe existir alguna respuesta rotunda que pueda darme la resignación de morir con voluntad y con sumisión. No me llevaré nada a la tumba, quedaré a lo mucho y por algún tiempo corto, en los recuerdos distantes de aquellos que me han tratado, de aquellos que han soportado mis necedades y mis desplantes. Cómo puedo aprender a vivir con mesura, siempre buscando el bienestar de aquellos que están en mi mismo lugar. Es mi deber comprender, que todos estamos hundidos en el mar humano, que tiene oleajes bellos y delicados, pero también avalanchas violentas, peligrosas, volubles, e inciertas. Un mar de humanos perecederos, que no encuentran en su simpleza, la virtud y la nobleza de su existencia y de su tiempo.

Qué le queda al hombre, después de caminar por los senderos de su ambigüedad. Qué le queda al hombre, cuando llega a comprender que su transitoriedad, termina con toda aspereza y con toda necedad. Si he sido juzgada por aquellos mediocres, que alardean pureza y superioridad y que en su necesidad humana de aplastar y de herir, los sentimientos de los demás, encuentran cierto orgullo o satisfacción momentánea; que sean ellos los bárbaros, quienes participen de la masacre en contra de la integridad humana y de la estampida colectiva, que conspira consciente o inconscientemente, en contra del valor, del respeto, de la tolerancia, de la justicia. Esos que me juzgan por pobre, no entienden la pobreza enorme que hay en nuestras almas y la insolente mediocridad, que subyuga nuestras intenciones débiles y falsas, de armonía y de bienaventuranza.

Aquellos que se atiborran cuidándose a si mismos, o a su más cercana familia, y que no importa si los demás deben sufrir o lamentar, por sus indiferencias, y por sus ataques mezquinos llenos de orgullo y delirio.

Siento la necesidad de salir de la masa de la naturaleza oscura, para penetrar en la naturaleza de la luz y de la generosidad. Cada hombre tiene la responsabilidad o la irresponsabilidad, de buscar su trascendencia o de estancarse en su homogeneidad y en su barbarie natural. Mis pasos pueden resultar violentos y abruptos, pero intentaré y me esforzaré por guiar mis pisadas por un camino de integridad y de mesura, que me permita equilibrar las amarguras y las rupturas que llevo adheridas a mi estructura.

Un mundo complejo de humanos bellos y violentos, no podrá encontrar el equilibrio perfecto, entre un universo de mentes con diferentes razones, con diferentes conceptos. Cada humano lleva consigo, la posibilidad de buscar el bien y de sembrar las semillas de la compasión y de la ecuanimidad. Cada humano es responsable de crear o de destruir, los anhelos y los sueños, de aquellos que lo acompañan, en la barca de las pasiones y los deseos.

Cada humano es responsable de mantener de forma equilibrada, la dignidad y la tolerancia. Ayudar a mesurarse, a convivir de forma razonable, a quienes nos preceden, que al igual que nosotros, no vacilan en liberar ni en exponer sus pasiones e intereses.

Me siento agradecida e insignificante, con aquellos hombres que han sido valientes, y que han dado a su alma, la gracia de su serenidad y de su sublimidad. Esas almas que han dado valor a la humanidad, que han trascendido de forma inexorable, dejando en el hombre las huellas de su sufrimiento venerable y el valor generoso y admirable de su universalidad. Los que desean continuar en la lucha campal de la disparidad vanidosa y voraz, pueden seguir su camino y no hay nada que detenga sus oleajes continuos de sufrimiento y delirio. Los que deseen sumergirse en las profundidades del conocimiento y del equilibrio, pueden aportar al mar de la humanidad, el generoso bienestar del respeto y la dignidad.

Mi temor al desprecio me ha hecho un esclavo de las multitudes del desgano mental. Me he convertido en un esclavo del frenesí frívolo e insensato, que pretende ganar reconocimiento y popularidad, siendo participe de las contiendas superfluas de opiniones mediocres, y estimaciones burdas e inferiores.

Espero que este ser humano, voluble y confundido entre las masas de la indiferencia y del vacío intelectual, reconstruya su pesado camino, siempre con el objetivo de vivir y luchar, en busca de la justicia, de la razón y de la integridad. Nuestras semejanzas son enormes, y el juicio final lleva a todos los hombres al mismo lugar. No importa el estatus social o la diferencia racial, volvemos o marchamos al lugar destinado para los humanos y no existe ninguna atención especial para aquellos que pretendemos ser superiores de los demás.

§

Este libro lo dedico con mucho amor y cariño, a dos hombres que me han dado la fuerza que necesito para continuar mi camino.

Mi esposo, quién ha sido un hombre profundamente sencillo y paciente, para tolerar mis amarguras y mis desequilibrios. A veces mi amigo y a veces mi contrincante, pero siempre un hombre inteligente y apasionante, que ha sabido ayudarme y que me ha mostrado el valor y la grandeza, de un humano noble y ecuánime.

A mi querido primo *César Moctezuma*, quien me ha inspirado y me ha dado su aprecio y su ayuda. Un hombre inquieto y multifacético, que me mostrado que el dolor y la adversidad, son a veces asperezas, formadoras de hombres nobles y de hombres de sencillez e integridad.

A mis padres, a mi hermana y a todos mis familiares, que siempre serán mi fuente de inspiración y esperanza.

ELIZABETH TORNELLI

Noviembre 2007

ÍNDICE

Veinte años no es nada 7

La esperanza del amor 15

La realidad cotidiana 35

Más de lo mismo 59

www.ingramcontent.com/pod-product-compliance
Lightning Source LLC
Chambersburg PA
CBHW051829170626
46807CB00003B/1096